陈小琛 著

你好呀，
孤独的年轻人

HI THERE,
THE
LONELY YOUNG

上海文艺出版社
Shanghai Literature & Art Publishing House

目录

- 001 **第一章 城市很大，我总是很小很孤单**
- 003 我在北京的早上挤地铁
- 015 合租房的六个"孤独"者
- 026 因为怕孤单，才在一起
- 039 他以为，她想向他表白

- 043 **第二章 为一个人，来到一座陌生城市**
- 045 广州姑娘
- 051 郑州姑娘
- 057 北京姑娘
- 069 兰州姑娘

081	**第三章　还没混出模样，但不想认输**
083	父亲说，他不想认输
103	逼自己买房的祺伟
110	记得那时你是个很上进的姑娘
117	不吃麦当劳的少年
127	你25岁后已渐渐老去
135	**第四章　你敏感自卑，在意周遭的目光**
137	过年不想回家的年轻人
145	父亲的行李包
153	他丢了来看他的表弟
158	同他看三十场电影的姑娘
165	**第五章　你想活得很酷，不再惧怕孤独**
167	隔壁邻居的怪大叔
181	不想结婚的三十岁女人
187	万一我们一辈子单身

199 **第六章 少年，你是如此的不愿长大**

201 谈一场少年少女式的恋爱

206 那夜，在我怀中哭泣的女孩

234 对于你的伤心，只能说声抱歉！

243 地铁口唱民谣的老人

253 **第七章 生活有时折磨了你，请别放弃**

255 对不起，当初狠心放弃

268 她为"丑颜"感到骄傲

279 我"前半生"的二三事

293 **第八章 世界很浮躁，要有自己的尺度**

295 他才不想做"网红"

309 他只是想约个炮

319 小心，你也可能是"备胎"

325 **第九章 不知道是否抑郁了，但不承认有病**

327 一个闪闪发光的"女神经病"

336 我真的变成了一个老实人

第一章
城市很大,我总是很小很孤单

①

我在北京的早上挤地铁

· 1 ·

昨天下午,薛晨收到一条短信,显示9500元已经到账。

月薪12000,扣掉各种钱,还剩这么多。这是薛晨升职加薪后,第一次拿到这么多薪水。来京三年了,从月薪2500到5000、7000、8000,历经几次跳槽,终于迎来了自己月薪过万的日子。

这点薪水在北京不值一提,但对于她来说,算是迈向了人生的新阶段,然后朝着月入两万、五万……更高的目标前进。

月初她就决定,要对自己的生活进行升级,做个精致的女人，活得有质量。之前的她就是个土妞，过得很随意，吃穿用都不讲究。所以她搬离了之前的合租房，独自租了间一居室，花去了5000元，还把手机和电脑都换成了苹果的，并逛了几次商场，买了很多的衣服、化妆品。都是很贵的，她的同事赵莹说，女人就应该贵一点。

赵莹是公司里最爱打扮自己的姑娘，衣服不重样，从来都不愿亏待、便宜自己。大家都猜测她是富二代，或者傍了大款，毕竟她薪水一般。有人说，她是个网红，有其他赚钱的渠道，所以舍得花钱。还有人说，她穿的其实都是A货。

当买完这些东西，已经欠银行很多钱了，薛晨算了算，工资到账后还掉信用卡的钱，还剩3000元。想想以后的房租，以及维持体面一点的生活，自己并不轻松。该省的时候还得省，你还很穷，她对自己说。

到了晚上，薛晨收到陈总的微信，明天去国贸一起见重要的客户，还嘱咐她一定要体面一些，这代表着公司的形象。这是她升职后第一次代表公司去谈业务，因此十分的重视和小心。有了这个月的形象升级，她多了份自信。

·2·

早晨,薛晨把自己精心打扮了一番,这一身行头至少上万块,镜子中的自己,相比过去已经蜕变成一个优雅精致端庄的职业女性,她笑了笑,对自己很满意。拿上包,又把Macbook塞进去,匆匆出门了。

她本想打车去,看了看路程和价钱后,又放弃了,现在能省就省吧。于是她奔向了地铁。郭公庄是个始发车站,同时也是个换乘车站,走进去每个门都站满了人,大家都焦急等待着,做好了冲锋准备。等车门一开,原本斯文的他们就会立刻快步疾飞,以迅雷不及掩耳之势抢占仅有的两排座位,坐上去后又恢复先前的斯文。还有一批人,明明还能进去,却"钉"在门口,不用说,他们在等待下一班的冲锋。

在高峰时段的北京,能有一个座位,简直比什么都幸运。但在拥挤的始发站,你得丢掉之前的优雅和斯文,跑得快才行。

薛晨平时也是"冲锋"的一员,但今天她想优雅一些。自从穿上这身行头,化上这么精致的妆容,整个人都不敢太随意了。在别人蜂拥而入后,她才走了进去,在里面找了个位置站好,整理了下衣服,看着窗玻璃中的自己,自恋地欣赏了一会。

丰台科技园上了一批人,薛晨往里挪了挪。

科怡路也上来一批人,车厢里已经没什么空地了,空气变得浑浊起来。一个眼镜男被挤到了她的跟前,两人正好面对面,薛晨看了他一眼,眼镜男似乎有些尴尬,努力把身子和目光转向另一边。

丰台东大街又上来一批人,连空隙都不多了,而车厢外边的人似乎并不考虑里面人的情绪和感受,依然拼命往里挤,他们知道,不挤就要等下一班,而下一班同样如此,所以一定要拼命往上挤。至于什么优雅,早已顾不上了。

薛晨感觉自己要被挤变形了,并随着列车的惯性摇摆,但她不担心会摔倒,周围这堵"人肉墙"很结实。她只是担心白色新衣服会被挤变形,脏掉,担心精致的妆容由于出汗而毁于一旦。怨谁呢,人家又不是故意要挤你,谁让你想要精致又来挤高峰时的地铁。

· 3 ·

"往里走呀,再挤挤嘛。"
"挤什么挤,再挤都要飞起来了。"

在六里桥，下了一批人，薛晨以为要轻松了点，准备补妆，没想到重新挤进来更多的人，门口的人为小小的领地似乎要争吵起来。一股巨大的力量袭来，刚才那个眼镜男又被挤到了她的对面。她用余光看着他，能感到他时而偷偷地看自己，又很克制，没什么让她感到不礼貌的地方。

他们的皮肤彼此贴着，被拥挤挤走了最后的一丝距离，带着温度和汗水的湿度。没办法，这样的异性亲密接触她只能忍受，于是她假装低头看手机，只希望下一站能够轻松一些。可通往北京西站的那段路，车开得慢慢悠悠的，让人心情急躁。不断有人说"下吗，让让吧"，于是薛晨在极度压缩的空间再次被挤到要变形，那刻她好想骂脏话呀。

彼时，不远处的一个车门口倒是"爆炸"了。

"你烦不烦，不要挤我好吗？衣服都弄脏了，很贵的。"一个姑娘嚷道。

"我是故意的吗，什么人。再说，穿这么好，挤什么地铁！"一个大叔不甘示弱。

薛晨觉得声音很熟悉，循声望去，发现居然是同事赵莹，她正在和一个不修边幅的大叔吵架。赵莹怎么会在这里，她每天也是挤地铁上班吗？薛晨原本以为，像她这么注重生活品质的姑娘,一定有自己的车,或者打车上班。薛晨也没去打招呼或者劝架,这个时候出现,也许会让对方感到尴尬。她只能假装没看见。

"市井小民,坐一趟地铁,真他妈的受罪。"一个油头粉面的家伙在旁边插话。

"你说谁呢!"那位大叔将怒火转向他。

"我说你们呢,没素质,都是穷鬼。"

"装什么有钱人!"赵莹像是被侮辱了一般。

"我若不是——算了,没时间和你们一般见识。"那人说了半句停住了,耸耸肩,也不在乎周围的目光。

北京西站到了,广播响起。一大拨人往外冲,没几秒后,又一大拨人往里挤,大家的领地被重新划分,薛晨却死死站在靠近左侧的车门处,因为她下一站要下车了,估计到时必须使用洪荒之力才能出得去。

拥挤中,她不幸被谁踩了一脚,漂亮的鞋子上斑斑点点。她有些懊恼。

· 4 ·

他叫张小白,此刻在拥挤的9号线挤地铁。

张小白是个单身狗,在家宅了几个月后,要去一家新公司报到。算起来,自从上次辞职后,他已经两个月没上班了,有点小积蓄,但没什么大钱。别人都是找到了下家才辞职,他每次都是裸辞。他习惯了无拘无束的自由,不想一直处于上班的压力中,想有一段缓冲的时间。就像他一直单身,是怕目前的状态不能谈一场有质量的恋爱。当然更多的时候,是因为自卑成为了惯性,他怕被拒绝。

越是这样,越是很难走向人生巅峰。

越是这样越单身,越找不到女朋友。

有段时间,他特别渴望爱情,特别想亲近姑娘。可只是想想罢了,他什么都没做,谁也没去追,继续过自己的单身生活。然而内心却波澜不断,走在大街上,公交上,火车上,地铁里,每每看到有感觉的姑娘,就开始各种幻想,内心小鹿乱撞,幻想着各种邂逅,甚至艳遇一场。

不过,什么都没有发生。他在自己的世界里,与这个城市的很多姑娘发生了一场场情感和身体的碰撞,然后转瞬即逝,忘记了模样。

就在刚才,他在地铁里看到一个很有感觉的姑娘,是他理想女朋友的样子。他们离得那么近,近到伸手可以拥抱,近到能感受到对方的呼吸,近到身体一度贴在一起,带着温热的湿度。若是在大街上,这一定是性骚扰,可在地铁里,他无意冒犯谁,且也无法躲避。他静静站在那里不动,内心却迎来了一场惊心动魄的想象。有那么一刻,他真的想在她漂亮的脸庞上亲上一口。很快,他们就被人流冲开了距离,他有点小失落,然后就看到她下车了。

张小白想,如果有一天,他们能够在生活里相遇,并且追求她,他们之间有可能吗?他注意到,她穿得很精致,一定是个活得有质量的姑娘,他的自卑又开始凌架在想象之上,变得更加的失落。

他想,是时候逼自己一把了,他想要谈一场恋爱。

· 5 ·

她叫赵莹,刚才在拥挤的地铁里与别人吵了一架——不对,是两架。

今天她也够倒霉的,搬家后的早上挤地铁,没想到这么拥挤,还遇到两个奇葩。之前她住在三环以内,与一个同学合租了一个高档小区的小单间,房租不便宜,但能享受优越的环境和便利的交通。

可她们"撕"了,对方怀疑赵莹偷了自己的衣服。赵莹感觉自己的人格被侮辱了,虽然她看上去很物质,喜欢名牌包包和衣服,可她从来没偷过东西。

一气之下,赵莹自己搬了出来。可是,在市区一个人租房子，她真觉得贵，何况她月薪才一万元，不想在租房这块支出太多，她要留出大部分钱供自己消费，维持体面的生活。但一时找不到合租的人，她只好搬到了五环的郊区租房子，每天挤地铁上班。

有人说她是富二代，如果真是，那就不用这么苦逼了。

有人见她花钱大手大脚，过得很精致，就猜测她傍大款。其实她没有，她是一个独立自足的人，只是实力还没配得上自己期望的生活。

有人说她是网红，月入10万以上，可惜她并没网红命，谁不想红呀。

她根本买不起那么多贵衣服，除了化妆品，她有不少衣服包包其实是与别人共享的，她加入了一个共享群，大家的衣服包包可以互相交换穿。这样就可以花很少的钱，享受高价的生活体验。

但她真的很累，明明很穷，还得把最好的一面给大家看，不得不在暗地里过得狼狈不堪。就在刚才，她与两个人因为拥挤而吵架，她自诩是一个生活精致的女人，可事实上，她又和别人有什么区别。

她累了，想过一些真实的生活。听说薛晨一个人整租一套房子，她很想问问她，合租吗？

· 6 ·

他叫赵小伟,刚刚与两个人吵了一架。

他觉得,坐地铁的都是穷鬼,有钱又体面的人绝对不会坐这么糟糕的交通工具,简直一点尊严都没有,跌份儿。刚才那没说完的半句话是:如果不是刚刚被抢,老子也不至于落得这般地步。

昨天晚上他和朋友飙车,早晨把车停在路边去上厕所,一个飞车贼把他的包抢走了,里面有手机、现金、身份证和车钥匙,他全身摸了摸,一毛钱都没有了。车就在旁边,却开不走。他想打电话求助,没手机,想回家又没钱打车。

满大街都是人,随便找个人借手机都能打电话。可他放不下自己的脸面,他想走回去,但那么远呢。最后没办法,他向路人借手机,可能态度不那么温和,很多人都懒得理他,一个小朋友想借给他,却被一旁的奶奶拉走了。

他有一种身无分文、流落街头的感觉。他忽然在口袋里摸出一张公交卡来,可能是刚才小偷良心发现留给他的。于是,他就拿着公交卡去往地铁站,算起来,他已经有很多年没坐过地铁了,从小都是车接车送,长大了就自己开车。

没想到这地铁是这么挤呀,什么人都一拥而上,仿佛使劲儿往自己身上贴一样,让他十分讨厌。在那一刻,他觉得自己的风光掉进了泥土里,没有人奉承他,讨好他,更不会有人给他腾出地方。

他想,忍半小时就好了。

可不曾想到,他以后就要过这样的生活了。几个月后,他爸爸的公司破产,欠了很多债,那辆车也被拿出抵债了。后来,他往那张公交卡里充了100元。

· 7 ·

拥挤,让每个人在这一刻没了尊严和体面,变得世俗和狼狈不堪。

拥挤,又让这个城市的每一个人,在这一刻都"平等"了。穷的,富的;美的;丑的;领导,下属;官员,明星……他们在其他地方所享有的特权,享受的崇拜,现在都变得一文不值。

· 8 ·

军事博物馆站到了,薛晨终于松了口气,下车转1号线。她像刚刚从牢笼里挣脱一般,感觉整个人已经凌乱了，好不容易赶到国贸后又找了半天，迟到了几分钟。陈总有些不悦，说昨天就提醒你好好准备下，你还是那么随意。

薛晨感觉好冤，却无法解释什么。她下定决心，一定要努力赚钱，过更有尊严和体面的生活，争取年底月入三万，然后明年买辆代步车。

第二天上班，她发现那个眼镜男成为了自己同事，在策划部做文案。后来，他加她微信，有追她的念头。薛晨有些冷淡，她不讨厌他，只是她在追求自己想要的生活，包括爱情。

赵莹某天和她说，想不想合租呀，薛晨想了想，婉拒了。

合租房的六个"孤独"者

有一年,我在杂志社上班,搬到了附近的一套复式老房子里。加上隔断间,里面住了六户人家,十几个人。在这个看似热闹拥挤的环境里,我听到了几个关于"孤独"的故事,他们是这座城市角落里最平凡的人。

记得去看房的时候,中介偷懒让我自己上楼去看,在门外敲门了半天就是没人开,打电话给中介,他说里面有人的。我干脆推门,结果门开了,对门的厨房里一个穿着睡衣的姑娘在做饭,对我的到来也没理睬,甚至毫不关心。

后来才知道,外门从来没锁过,幸好小偷不知道。

在这住了一年,我并没有感受到《欢乐颂》那样的氛围。朝夕相处了这么久,有些人我甚至不知道真实的名字,大家平常交流不多,只有交各种费用、电器坏了时,才会聚在一起聊聊。更多的时候，每个人活在自己的日常里，对别人不是那么关心。

总的来说，有距离感，陌生感，也有孤独感。因为你知道，你终究要搬走的，从此相忘于江湖。有时你想交个朋友，可对方时而防备时而冷淡。这一年来，来来去去，住过很多人，一些人印象深刻，一些人早已模糊了样子。

讲几个人的故事吧，无关成功和励志，都和孤独有关。

加班狂小刘

小刘是个程序员，工作两年了，换过几份工作，在一家移动互联网做程序员，不过，那是家创业公司，还在A轮融资。他瘦瘦的，像个猴子，戴着黑框眼镜。

他经常不见人影，加班对他来说是家常便饭。晚上我们都睡了，他才回来，早上我们都走了，他还没起床，偶尔夜里去卫生间时会碰到他。只有周末的时候，才能见到他几次，当然若是忙的时候，周末也不见人影。

你工资一定很高吧？

小刘说，哪有，创业公司穷得要死，还没什么福利。之所以在这里干，是被老板"骗"来的。在上家公司干得好好的，还有个暗恋很久的姑娘想追，但有一天产品总监对他说，跟我一起创业去吧，做一款很酷的APP，足以颠覆整个行业。小刘一激动，就跟着去了，走的时候，也未能和姑娘说上一句话。

为了尽快让产品上线，大家没日没夜地工作，小刘本没什么业余生活，这下彻底成了工作狂。他的房间很凌乱，是主卧和厨房间的隔断，没有外窗，平常只能开着灯，这对他来说无所谓，这不过是个睡觉的地方。他说，等有了女朋友，一定会租个大主卧。

小刘上学时，忙着游戏和捣鼓各种程序，就是没谈一场恋爱。毕业了，想有个姑娘，却无处下手。科技公司里的姑娘本来就很少，又大多有男朋友，单身的总被几个饿狼盯着。小刘天生又不爱竞争，他认为自己除了会写代码，一无是处，业余生活可谓乏味，没什么爱好，也不爱交际。孤独的时候，撸撸就睡了。

产品上线后，小刘暂时轻松了一段时间。听说他在网上聊了一个姑娘，很暧昧，打算约出来见面。可没多久，他又忙起来了，用户不断地增加，业务不断地扩张，程序员也闲不着，老板说，这是他们产品迅速占领市场的关键时刻。这样，与姑娘的约会一拖再拖，他打算等忙完这段时间再去见姑娘。

然而，他最后也没能见到姑娘，因为老板的钱烧完了，又没融到资，公司很快死掉了，他除了抱回一台电脑，什么都没得到。他沮丧，烦心，还得去找新的工作，不想在这么糟糕的状态下去见姑娘。

后来，姑娘把他拉黑了。

几个月后，他的房间就空了，听说找到了新工作。

已婚男王哥

新搬进来的是王哥，三十多岁，有点胖，还有点抠。他是这里年龄最大的租客，已婚，却住最小的房间。有多小，简直无法想象，宋家庄四百元的小区单间，除了一张小单人床，再没多余的宽度，只有床头的桌子上能放点东西。后来他占用了大量的公共空间和器具，用来放他的日用品。这让其他人很不满。

你一定问，老婆住哪里，别把隔断给挤崩了！

他老婆当然不在身边，王哥孤身一身。几年前，他大专院校毕业就来北京了，混了几年也没混出模样，无奈之下逃离北上广，回到了小镇，然后相亲，结婚，生子。可是，他并不喜欢这样的生活，包括毫无感情的老婆。一番挣扎，他再度回到了北京，给家里的理由是：镇上挣钱太少，还不如去北京。

他说，在这座城市我什么都没有，过得寒碜，但也好过在家行尸走肉地生活。他赚的钱并不多，上升空间也有限，还得养活家里的老婆和孩子，他说只要家人不阻挡他在北京，他愿意忍受目前的一切。他也想着，以后如何才能赚大钱。

因为抠，占用公共空间和争夺厨房，他经常与几个年轻租客发生摩擦。大家似乎并不太喜欢这个老大哥，甚至有时会孤立他，欺负他。他并不在意，依然过自己的生活，维护自己的小利益。

楼上有个阳台，那是他重要的活动空间，偶尔碰到的时候，他会和我聊天，更多的时候，他待在自己狭小的房间里，没有电视，也没有空调，即便是夏天。有时我会想，他在里面难受和孤独吗，每天在想什么，是否想过得更好一些。

虽然生活在一个屋檐下，大家却不怎么串门，不想进入别人的空间，也怕打搅别人的生活。可能，他也想找我说说话，聊聊天，但关上门的时候，一切都被阻断，所以，只有彼此都敞开门或者碰到时，我们才会说说话。

一直单身的张平

对于王哥的疑问，同样适用于张平。他性格内向，不爱出门，特别的安静。但与王哥不同，他不爱计较，也不想与任何人发生争执。大部分时间都在自己的房间里,有时一天、甚至整个周末都不出来。

有段时间,他连续两个月很少出去,只会在黄昏时出去吃饭或者超市购物,然后又回到房间里。他不怎么在公共空间走动、找人聊天,或参与别人的活动,也很少听到他打电话。当然,如果你找他聊天串门,他也不拒绝,脾气很好。

大家猜,他是不是沉迷游戏的网瘾宅男,或者是个隐藏很深的网络黑客。这些猜测,让张平变得神秘起来。大家很想问他,你天天待在房间里,不说话,不呼朋引伴,也没见你交女朋友,孤独吗,无聊吗,每天都在干什么?

租客里有个做婚庆主持的,对张平不思议又好奇,特别想"拯救"他。因为这个主持十分外向,闲不住,受不了大家互相封闭的状态,没事就到处找人聊天,或拉着邻居去河边钓鱼。有段时间他经常找张平聊,甚至周末拉着张平给自己当婚礼主持助理。一次在车上,他对张平说:"你要变得开朗才行,要出去走走,不然这辈子会废掉的。"

张平笑笑没说话。其实,每个人活着的方式不一样,如果换成这个主持人,天天让他这样待着,不闷死,也会成神经病,但张平似乎习惯了。后来得知,他是UI设计师和插画师，在工作之外，还有一定的收入来源，不怕失业。

更让婚庆的主持好奇的是，张平这一年年的不交女朋友，也不勾三搭四的，受得了吗，当然他指那方面。

说不孤独是假，说不想姑娘也是假。有时候，他会特别迷茫和焦虑，异常的孤单。随着年龄的增长，这种感觉就越强烈。很多个夜晚，他一个人躺在小小的出租房里，孤独袭来，就像掉进黑暗里一样，绝望。早晨醒来的时候，眼中总是带着泪水。

他说，真怕有一天死掉，都没人知道。真怕到老了，都没亲近过女生。

刻薄的单身女陈姐

陈姐住张平隔壁，单身女，喜欢独来独往，只要在家，也喜欢在房间里不出来。大家都奇怪，两个人住得那么近，又都是单身，孤男寡女的，居然没发生一点故事，就那么平平淡淡做了一年邻居，近乎礼貌和客气。

想想也能理解，一个从不搭讪的男人，怎么会有故事。一个脾气古怪、冷漠、刻薄的女人，也没几个男人想靠近。陈姐除了长得还可以，身材还行，有女人的气味，其他再无女性温柔感了。之前有个租客想搭讪她，没聊几句就败下阵来，被她冰冷的气质吓跑了。

她的房间，没人进去过，很有神秘感。我偶尔路过，正好碰见她敞开的门，朝里面望去很整洁，书架上有很多书，水缸里养了几条金鱼。没人知道她的职业，就连其他姑娘，也没走进她的世界。大部分时候，她活在自己独立的小世界里。

与程序员小刘一样，她一般很晚才回家，中午去上班，有时几天不见人影。每次回来，都会提着从超市采购的很多东西，有水果和各种零食。接着她会洗个澡，洗洗衣服，忙完就回房间里，有时安静，有时会听到她唱歌。

但如果谁招惹了她，她会很不客气地爆发脾气。有一次，楼下有人邀请几个同事来做客，吵吵闹闹的，打搅了她休息。她就像《欢乐颂》的安迪一样，讲原则，不讲情面，一点客套都没有，也不考虑别人感受。她把一群人批评了一番，搞得那请客的人很丢面子，也自然很生气，两个人就吵了起来，她打电话给中介和物业投诉。这件事情后，大家都不愿靠近她，害怕她。而她也无所谓的样子。

张平和陈姐从来没发生过矛盾，因为两个都不打搅别人，不占用公共资源和空间，不乱丢垃圾，用完卫生间都会打扫一遍。别人想找茬，都无处下手。过年的时候，两人都没回去，大家觉得，这下总会发生点故事吧，多好的机会。然而，两个人就那样在各自的房间，孤独冷清地迎接了新年。

春天三月份时，整月都没看见她，门也没开过。时间长了，男人们开始"阴谋论"，猜测不会病死掉了没人发现吧，当然这是胡扯，因为一点气味没有。或者被孤独的张平"奸杀"了，然后抛尸荒野，这也是胡扯。

直到有一天，新来的租客打扫房间，才知道陈姐早已搬走了。到那时，大家也不知道她的职业，或她任何故事。几个月后，张平也搬走了。之后搬进两对年轻夫妻，都带着孩子，从此公共空间热闹了些。

煮夫和主妇的孤独

他们并不是一对夫妻，只是有着同样的孤独，都在出租房里带孩子，洗衣做饭。

大奎是天津农村人，没什么文化，视野小，却是个很憨厚的人。他在家乡做小生意，过得还可以，因为媳妇在北京做销售，赚得很多，生了孩子后，她不愿放弃工作，想把孩子养在身边，就让老公来了北京。她打工赚钱，他照顾孩子，洗衣做饭。

小薇是大奎老婆的前同事，业绩一般，生了孩子后，也想把孩子养在身边。老公在创业，年轻有为，自然地她就辞职做起了主妇,带孩子,洗衣做饭。他们两家都买了房子,只是远离北京城,为了方便选择租房生活。

这两对夫妻是公共空间的常客,到处都是他们的声音和身影,想躲开都不容易。他们不是在洗菜做饭,就是在各自聊家常,陪孩子玩耍,这种感觉,很像街坊邻居。

但是,当另一半上班后,他们就会陷入无聊和孤独中。白天很安静,他们待在自己的房间,看电视,陪孩子玩。两个孤男寡女,也要避嫌的,不串门。只有中午做饭的时候,他们会聊天,说的都是今天吃什么、孩子如何的话,然后各自回房间,度过漫长的下午。

四五点的时候,他们会下楼买菜,然后回来做饭,等各自的爱人回家。晚上,是他们最愉快、说话最多的时光,两家人在厨房里洗洗刷刷,说说笑笑,大大方方地串门。第二天又重复同样的生活。有时,你会觉得,他们一天到晚喜欢在厨房里忙碌,可能只有处在这种状态下,才会消除那份孤独吧。

后来他们的孩子都到了上幼儿园的年纪,每天早晨送走孩子后,自己变得无所事事,除了看电视,做家务,没什么事可做。最无聊的是大奎,在北京除了老婆孩子,一个朋友都没有。这一天又一天的,也不是办法。他想出去工作了,但为了接送孩子方便,只能在附近找。

大奎没什么技能和文化，能找到的工作很少。后来我介绍他去了一家图书馆培集团做配货员，纯体力劳动。很多人都嫌累，他却干得很快乐，有了新的朋友。唯一苦恼的是，领班的总是欺负他。

小薇也不想当主妇了，想去上班，可几年没上班，完全和新人一样，找了一个月，也没找到合适的。她曾问我，你们公司需要文员一类的员工吗，我说可以发简历看看，最好把自己擅长的方面写写。她后来没找到文员类的工作，成了电话销售，工作总是不靠谱，换了又换。

尽管这样，从此以后，他们都有了新的聊天内容，说各种遇到的事情和人。

后来，除了这两对年轻夫妻，大家都渐渐离开了这里，也不知道去了哪里。那个不锁的外门，也天天锁起了。

因为怕孤单,才在一起

· 1 ·

都说不以结婚为目的的恋爱是耍流氓。那么,不以结婚为目的的同居又算什么呢。

就在前几天,妈妈打来电话问马媛,你和张北什么时候结婚呀,你都二十六岁了,该考虑这事了,或者你把他带来给大家看看。不结婚,你们为何要同居这么久,要不我们在家给你介绍个,别一直北京耗着。

每当这个时候,她都找理由敷衍过去。

她真的没想过和张北结婚呀,她不知道自己是否真的爱他,或是内心还在等待更合适的人,可他人又很好,无法开口放弃。在北京活得那么辛苦,有人陪伴,有人对你好,总比一个人孤独好。

张北却不介意和她结婚,准备好了一切,只要她愿意。

她想,是时候给这段感情一个交代了。

·2·

马媛毕业于北京某民办大学,这个学历在北京没什么优势,但就是觉得这里好,挤破头也要留在北京。最初的时候,她找不到像样的工作,在一家不怎么正规的小公司做网络销售,每天不停打电话,经常被骂和被语言骚扰。

那时薪水很少,化妆品都买不起。一开始她租的床位,住得很憋屈,也住过地下室,很压抑。等情况好了些,与几个同事合租小区的租房,但市里的房租实在太贵,只能住很远很远的郊区,每天有四个小时的时间花在路上,还特别拥挤。

后来,她报了几个课程,转型做运营了。之前合租的同事,总是有人不断离开,辞职的,恋爱的,分手的。大家都有太多的不确定性,没那么熟,关系也并不那么融洽,经常为怎么分担房租、谁来签合同不愉快。

房子到期后,马媛就搬了出来,一个人独自租房,虽然不再为分担房租扯皮了,但合租的都是陌生人,什么人都会遇到,男的女的,男男,女女,有时很难相处,有时很孤独,坐在房间里不知道干什么,受欺负了,都没人帮。更让人受辱的是,就是晚上总能听见一些奇奇怪怪的声音,一点都不考虑邻居的感受。

她最讨厌的一句话是:"你一个人住呀!"仿佛单身独居都是怪物。要么孤僻,要么没人爱。

于是,她就想找个合租的女生,但到最后也没找到。

· 3 ·

有人说,你找个对象呀,漂泊在外两个人总比一个人好,有人依靠陪伴,有人说话,有人吵吵闹闹,就不会那么孤单了,重要的是能够分担生活的成本,压力小。实际上,那时候确实有个人在追她,就是张北。

他们曾参加别人组织的登山活动,被拉进了一个群里,爬山回来正准备退群,张北就加了她的微信。他们不咸不淡地聊了几句,就结束了对话。但几天之后,张北有事没事地找她聊天,带着套路般的试探,她能感觉到对方的意思,可她对他没感觉,也谈不上讨厌,就聊了很久。她理想中的男子并没有出现,她希望是那种让自己看到就怦然心动,就心生崇拜,忍不住想靠近,有人格魅力的男子。显然,张北还算不上。

后来张北开始约她出来玩,马媛也不拒绝,主要她在北京也没什么朋友,周末也不知道去哪里,有人约就去了。时间长了,他不找自己反而会有点失落。

有一天逛街很久,他们从商场出来坐在广场上的石凳上休息。前面有一些人在跳舞,恋人牵着手慢慢走过,孩子到处乱跑,晚风徐徐,吹在脸上的感觉很好。她喜欢这种世俗闲适的生活气息。

"好喜欢这种感觉呀。"

"是吗。"她笑笑。

"要不,咱们在一起吧。"气氛变得暧昧。

"这个……"她一时不知道说什么,虽然早就预料到他早晚会说这些,只是她从来没想过怎么回复,是拒绝,还是怎么。但在这样的气氛里,心里有点温暖,一个人久了,就想结束孤独状态,想有人陪伴。如果现在是一个她很喜欢的人表白,她一定很感动,但对张北还没这个感觉。她只能说,这个人还行,不讨厌。

马媛说:"你觉得我们合适吗,至少我还没感觉,实话。"

"可以交往试试。"

后来的后来，他们就在一起了，一点都不轰轰烈烈。可能她真的想告别一个人的状态了，在没遇到更合适的人之前，先处处看吧。她并没有想过，成年后的恋爱要奔着结婚去，明天谁知道呢，她只想在这座城好好地活着，能够追求梦想。

后来的后来，他们就搬到了一起，同居这件事，从开支上，对他们很划算。

· 4 ·

在那之前，张北已经很久没恋爱过了，甚至是否恋爱过都值得怀疑，他也没想到马媛会答应自己，尽管她对自己不冷不淡的，没有恋爱的甜蜜。他条件真的一般，追过几个女同事，都被拒绝了，一度心灰意冷。可是啊，一个人的城市，实在太孤独了，想有个伴儿，对抗漫长的黑夜。有时会在网上和陌生的姑娘说很多很多的胡话，大不了被拉黑，相忘江湖。

本来，他在小城市有一份稳定的工作，还买了房子。但有一天他发现，这不是自己想要的生活，每天重复，过一种很琐碎的日子，漫长又无聊，整天为了结婚被各种相亲，一旦结婚了，怕这辈子就这样了。

那时，他喜欢上了一个学音乐的女生，她在北京，每天都过得很精彩，有很多朋友，做各种事情，到处跑。姑娘鼓励他走出来。自己小小的世界被她打开，蠢蠢欲动。某天，他就买了一张车票，去他妈的相亲，去他妈的乏味的生活，老子要去北京闯荡新世界，还有去找那个姑娘。

他来到北京，去找那个女生，然后想谈一场恋爱，幻想了各种美好的画面，可是什么都没发生。她说："我没那个意思呀，咱们不合适，和你聊天不是想和你恋爱，你想多了，做个朋友，谈人生，谈理想多好。"

有那么一刻，他真想说，谈什么人生，谈什么理想，我只想谈恋爱。对的，大部分男人都这么俗气，破坏了女生纯洁的友谊。

故事还没开始就结束了，不知道谁冷漠谁，谁都没再主动说话。

他为她来到这座城市，却发现是自己幻想了一场不存在的爱情。

既然都已经跑出来了，就不好意思再回去，必须在北京混出个模样才行。找工作，赚钱，试图进入别人圈子。是的，他怕那些嘲笑他离开的人问他在这里过得好不好，不想成为他们的笑话。

·5·

对于马媛，这是爱情吗，他说不好，但他愿意对马媛好，哪怕是奋不顾身。可他也清楚，自己是很想早点结束单身，有一个姑娘在身边，谈一场恋爱，拉手，拥抱，接吻，啪啪啪，如果没遇到马媛，他也会去追求其他姑娘。

当时马媛够倒霉的，刚租房，交了一年的钱，房东却不让她和其他租户搬进来，说都被二房东骗了，那人携款跑路了。房东说："你们没和我签约，我也没收到钱，这房子你们不能住，你们找警察。"

马媛就这么被骗了，报案都没结果。在同事那里借住了几天，对方似乎很不情愿，寄人篱下的感觉很不舒服。

张北就说："要不，就搬来一块住吧。"

马媛想了几天，还是答应了，但让他保证，不能强迫她做什么事情。

张北说："答应你，只做你允许的事情。"

马媛准备月底搬过去，她需要时间去接受和别人同居的事情。而张北为了即将到来的同居生活做好了所有的准备，物品上的，心理上的，生理上的，又开始幻想各种美好的种种。他细致到极点，新的被子、床单被罩、沐浴露、浴巾，给马桶装上了护垫。断舍离了很多东西，让一切焕然一新。

他又去了几次超市,在某个柜货架前徘徊了很久,等没人的时候,把一盒杜蕾斯放进购物篮,回家后,看了又看,放在房间一个角落里。

马媛搬进来的时候,说有点小小的感动,从来没有哪个男生对她这么细心过。第一天是周五,他们整理房间,忙到很晚,累了,洗漱完,看了会电视就睡了。

他关上灯,想两个人应该躺在那里一起说说心里话,然后把她抱在怀里,相拥而眠,哪怕什么都不发生。这样的画面,他幻想了很多次,是那么的美好和甜蜜,从此他的生活里就多了个姑娘。不是梦,伸手可及。

躺下后,他们没说话,沉默着。许久,张北想开口聊点什么,发现她已经睡着了。他一个人刷手机到很晚,发了一条朋友圈:很近,很远。

第二天周末,两人去颐和园划船。张北之前来过一次,曾想等有女朋友了,一定要来划船,现在终于实现了,玩得很开心。傍晚的时候,他们又去了后海,沿着酒吧一条街慢慢地走,那些酒吧都敞开着,灯光幽暗,有点像丽江,能看到里面的驻唱歌手,各种歌声混杂着,街上人流拥挤,湖面被照得五光十色。

他想拉拉她的手,她没拒绝,在湖边散步的时候,她又主动挽了他的胳膊。不远处一对文艺中年在唱歌,男的弹着吉他吹着口琴,女的拉着风琴,唱俄罗斯小调。他真有一种恋爱的感觉,很美好,真想一直这样走下去,等他们老了,也来后海的湖边唱歌。

那晚,又什么都没发生,她睡得太快了,快到来不及说话。他有些小失落。

第三天,在马媛躺下的那一刻,张北靠近她说:"咱们抱着睡吧。"

马媛把身体贴在墙边,背对着他,抗拒地说道:"太快了,我真的接受不了。"

"我很喜欢你,真的。"他感觉自己的声音有些颤抖,笨拙傻气。

"真的太快了,我无法和一个刚认识没多久的男生有太亲密的行为!"

他再靠近她再退缩,他知道不能再继续,只好作罢,背对着睡觉。

很近,很远,很忧伤。他不知道答案,很久很久没有睡着。

在这种失落中,张北有了一些情绪,他是一个敏感又矫情的人。在看电影的时候流泪,心痛,在游玩的时候目光呆滞,似乎变得不那么爱说话了,变得有点乏味无趣。

他以为他们能够进入恋爱的状态,但幻想的种种画面都没有出现。

"你是不是还不那么喜欢我,还没感觉?"那天晚上,他们隔着一条银河系,张北问。

她说:"我真的需要时间,你看你牵手我都没拒绝,还主动挽你,一点点开始吧。"

后来的后来,有没有发生什么,那盒杜蕾斯打开了没,只有他们知道。

·7·

马媛真的无法这么快和一个人进入很亲密的状态,而且经过几天的相处,总感觉双方不那么合适,缺乏共同语言和精神层面的交流,总是没话说,不那么放松和自然,想亲密都亲密不起来,想开玩笑都幽默不起来。

她一度想放弃,想搬出来,还是一人过算了。

但后来她还是和他在一起,可能真的不想再一个人孤独了。遇见自己想要的爱情,并没有那么容易,再去寻找其他的恋爱关系,同样耗费精力。张北不那么讨厌,人也很好,两个人都在慢慢打开自己,了解对方,适应对方。

有时候,习惯就好了,对马媛而言,还有比爱情更重要的事情,她爱折腾,很拼命,有很多很多的想法,想学各种课程,想创业,想做自媒体,赚很多的钱,买很多想要的东西,有太多太多的事情,等着她去做。

张北也真的很好,好到比前任都要好,给了她很多的关心和照顾,陪着她做了很多没做过的事情,可她并没有为他做太多的事情,甚至都算不上热情、主动。

可他从来不说什么,一如既往,陪着她度过漫长的日子。

她无法保证一定不会离开,假如遇到自己更爱的人。

她不喜欢什么永远,对感情也是顺其自然的态度,不知道自己有多少耐心去维护一段感情,甚至不想结婚。一直以来她所有努力的动力就是过自由的生活,不愿意被情感和生活的琐碎束缚,只要活得开心就行,不想那么多。

就这样,过了很多个冬夏,直到他们都到了被家里催婚的年纪。

· 8 ·

给妈妈打完电话后的这几天,马媛一直在想两人的关系,是否还要继续。

一边是家里在催他们结婚,这段关系到了该理清的阶段了,她也怕耽搁和辜负了张北。如果无法给别人一个未来,不如早点离开。

另一边,她最近真的遇到一个让她很心动的人,很有感觉,能够征服她。他比她大些,有吴秀波的男人范儿,是个资深媒体人,大学客座教授,气质成熟,睿智,懂得很多,打开了她新的世界,而且和他聊天总是很开心。他说他很喜欢她,他说他也在寻找一个让自己心动的姑娘。

她特别想和他去谈一场恋爱。

可她又迟迟没和张北开口,可能心底已经习惯了和一个人相处,没感情是假的,爱又不那么热烈。有时她想,就算一辈子和张北这样下去,包括结婚,也没觉得有太多的不行,就像她的父母,一辈子也过得很好。人们都说找一个合适的人结婚,找一个心动的人谈一场恋爱。

晚上做了一个梦,她和张北说分手了。他很愤怒:"这么多年,你有没有爱过我。"他情绪激烈想拉她一起跳入悬崖,粉身碎骨。

她突然醒了,打开手机看到一条新闻:女歌手偷情资深媒体人,老公怒而起诉离婚!接着有网友爆料,知名媒体人在做记者时……

你想谈恋爱的人,却勾搭着很多人。

晚上,张北说:"我妈妈希望国庆节你和我一块回去。去吗?"

马媛沉默了一会,她在想该怎么回答。

· 9 ·

我曾经问张北:"你很爱马媛吗,想和她永远在一起吗?"

他说:"我不知道呀,有一个人愿意和我在一起,我就会对她好!"

🍸 他以为，她想向他表白

又是一个周末。单身狗的生活。

当他在微信上和一个姑娘聊得正火的时候，女同事打来电话，让他下去，立刻。

他有点不耐烦，耽误他撩妹的美事。一个闷骚的宅男，隔着屏幕任他的喜欢放肆。当然，网上的姑娘一般不会太一本正经，但也不会放肆。她只会让你暴露无遗，一个人在那头哈哈大笑。瞧，又一个发情的傻瓜，好幼稚。

他还有句话要想问屏幕对面的姑娘。激动得满地打滚，等待着姑娘的反应。

而这边，女同事在电话里说："有好东西要送给你，快来哈。"

真扫兴！

微信还在响，他舍不得与姑娘中断聊天，还有几句放肆的话正等着说。这电话来的真不是时候。他想说,我不在家,这样就不用下去了,但他是个不善于说谎的人,只好说:"好的,我下去。"

他有些不情愿地站起来,穿着短裤和拖鞋就下楼了。

女同事找他什么事情呢,一路上他开始了自作多情地想象。莫非,她喜欢自己,要向自己表白?这也不是空穴来风,平常此女同事对他不错,别人也总开玩笑。一般情况下,如果一个姑娘对你有意思,还打算向你表白,而这姑娘又长得小巧可爱、气质迷人、身材曼妙,男人一般都能欣然接受。

但关键是,女同事不是这样的姑娘,欣然接受有点难度,他没感觉,甚至是抗拒。

一路上,他都在想,如果她真是表白怎么办。要拒绝吗,这多尴尬。她为何不是漂亮的姑娘呢,哪怕拒绝个漂亮的姑娘,都是件很美好的事情。越想越怕这样的场景发生。此刻,她在干什么,正在那里等自己?然后红着脸说……

他拖着沉重的步伐,终于来到了约定的地点,可四处看了看,并没有人影。

正在这时,远远看到几个女同事朝他这边走过来,手里还提着东西,笑声连连。走到他跟前的时候,那位女同事说:"我们几个刚才聚餐,有一锅鸡汤没吃完,你一个人从不做饭,拿去吃吧,省得浪费。"然后递给他就走了,依旧笑声连连。

他一个人站在那里,不知是庆幸自己多虑了,一场虚惊,还是愤怒着这个结果,像被戏弄了一般。可女同事完全没有别的想法呀,你真的多虑了,她只是觉得东西吃不了浪费,正好想起你这个单身狗,送个人情多好。

男人,特别是长得又不怎么好的,有时候太容易自作多情了,总觉得那些你看不上、走近你的姑娘,是对你有意思。你假装一副满不在乎,甚至不耐烦的样子。可你在别人眼里,就是一个可怜蛋。

他提着鸡汤就回去了,该补充能量了。

第二章

为一个人,来到一座陌生城市

②

☂ 广州姑娘

广州姑娘其实是东北姑娘,她叫朱莹,老家在漠河,中国最北端,那里冬天零下四十度。从北到南几千公里,我想,她大概喜欢南方的冬天。

她说:"不是的,我是为了一个人来的广州。"

"那一定是为了爱情。"

她说:"我不知道那是不是爱情。"

六月的广州,白天早已热出了黏稠的温度,我准备后天启程去厦门,就发了个动态。朱莹在下面评论说,听说你在收集故事写新书,正好你在广州,给你讲讲我的故事吧。我翻了翻她的相册说,好呀。

我们约在她下班后见面,中间又聊了两句,她只回了一句,另一句话显示已读,没回。性格有点冷。但我还是去了,在地铁口足足等了她几个小时,才知她七点半才下班。当她从地铁站出来,确认身份后,冲我笑了一下。她的样子有点像民谣歌手花粥,冷淡的自我中带着点羞涩。对于迟到她似乎没有不好意思,也没客套。

朱莹说:"大作家我请你吃饭吧,广州肠粉。"

我的怨气消散,来广州两天不知道去吃什么,想来这应该是当地特色吧,便欣然前往。但入口后我只能说,吃不下去,就像我当年在北京吃了一碗云吞面,淡然无味,再无兴趣。而她吃得津津有味,说有时晚上下班晚,就会来一份。

她已经习惯了这里的生活,至于当初来这里的理由,已不再重要。

我们穿过一条满是大排档的夜市,徐步来到珠江边上,晚风阵阵,裹着热气吹在脸上。她坐在石阶上,讲了自己的故事。

毕业后,朱莹为了一个男生来到这座陌生的城市,但她并没有把这个理由告诉对方,只是云淡风轻地对男生说:"因为我很喜欢南方,所以就来了呀。"

她是倔强的,不愿承认为他而来,装作满不在乎的样子。

"那你应该很喜欢他,打算和他在一起。"

她说:"我当时并没想那么多,傻傻地就来了。严格来说，他不是我欣赏的男生类型，倒是很多缺点他都具备了，说他渣男都不足为过。他感情泛滥，脾气很臭，人很颓废，还特别不思进取……也没钱没势。即便这样，这么多年来，他在我心里都是个特别的存在，很难用理性去看待他。"

两人高中时就认识了，当年他们有一个共同的音乐老师，一次去老师家聚会而认识。那天男生对她格外的热情，而她也不排斥他的靠近，情窦初开的朱莹盼望着一场邂逅和爱情，但他第一天就想睡她。

他急躁的荷尔蒙，让她的少女心碎了满地，狠狠地扇了他一巴掌。

两人的关系并没有因那一巴掌结束，在一种若即若离、暧昧不明的状态中维持着。她不想让他得逞，内心也怕过于亲密的关系，可又习惯了他的存在。他可能无法成为一个好的恋人，却是个好的知己，他除了想睡她，除了在感情上比较渣，对她还不错，很懂她，能解决她很多思想上的困惑，自己也愿意讲秘密给他听。

然而他们始终没有在一起。高中毕业后，朱莹在河北上大学，他去了广州。大学里她谈了一个男朋友，不咸不淡的。她说："那不过是个感情上的伴儿，尽管我把第一次给了男朋友，却比不上他（那个男生）对自己的诱惑力。直到有一天,我发现这样的恋爱没什么意思了,就提出了分手。"

"那你男朋友一定很伤心吧。"

"管不了那么多了,不爱了,就没必要继续,谁让我心冷呢!"

而那个男生这些年不知道谈了多少恋爱,睡了多少女人,她却讨厌不起来,继续让他存在自己的世界里。他们平常会聊很多,不需要伪装和防备,关于生活,关于感情,甚至口无遮拦,会聊性。他什么都会和她说,比如他和哪个姑娘一夜情了,他和谁车震了,可朱莹知道,他的内心其实很空,很孤独。

他依然会对她说:我好想和你做爱!

但他们一直没在一起,没谈过一天的恋爱,也没发生什么。

朱莹说:"他打开了我很多的世界,塑造了现在的我。在我青春的岁月里,他占据着重要的位置。"

我问:"那这是一种什么情感,爱情,知己,还是情人?"

她说:"不知道。"

我说:"那可能是第三种感情吧!"

说到这里,朱莹突然感慨地说:"现在想想,我后悔没有把第一次给他。如果女人的第一次是她生命中最珍贵的东西,对我而言,未必是给丈夫,给第一个男朋友,而是想给生命中那个重要的男人。"

我默默地没说话。许久才问,后来呢?

大学毕业后,朱莹来到了广州,那时他在广州玩乐队。而她去了一家自媒体做编辑,薪水不高,但也能养活自己。其实,家里已经给她在县城剧团找好了工作。她不愿回去,一个人来到广州,只想离他近一点。

他们依然会在网上聊得热火朝天,却很少见面。她不愿承认自己是在乎他的,并为他来到这座城市,仿佛承认就是认输一般。她渴望亲密关系,又怕亲密关系,刻意与世界保持距离,用一脸的满不在乎,假装自己很独立。

但她有时会幻想和他在一起的样子,甚至想干脆承认得了。然而,还没等她把这一切告诉他,他就离开这座城市去了捷克的布拉格。她一度像被抽空了一般,低落而颓废,对周遭的一切都失去了兴趣。

最终,朱莹还是选择继续留在广州,并渐渐爱上了这座城市。她如今在一家广告公司上班,习惯了一个人的生活,她想赚够买房的钱,却说未必真的买,而是让自己有买得起的踏实感。

在这座城市她的朋友不多,有两个闺蜜,平常吃吃饭,逛逛街,看看展,没事就喜欢宅在家里。

她喜欢陈粒的歌,喜欢看一些哲学和人文的书,还说没看过我的文章,对鸡汤一类无感,她喜欢的中国作家都已经过世了。她讨厌卖萌,不会撒娇,懒得去打扮自己,对别人的搭讪本能抗拒,仿佛心比较冷,总是对人不够亲近。

当然,有时她也渴望爱情,却难在无法向别人打开自己的世界。上次,有个聊得不错的人从北方来广州看她,也是在珠江边上,他试图拉她的手,却被她一次次甩开。那人有点沮丧,第二天就离开了。

朱莹自语道:"你说你想找个伴,但是真来了你又躲开,作啊!"

她吸着冷饮,凝望着对岸的城市,身边一对对恋人走过,甜腻又悠闲。她似乎在反思自己,又似乎对一切都表现得无所谓。

对于未来,朱莹没有特别的规划,也没打算在多少岁一定要嫁掉自己。而父母也没给她压力,所以她现在倒也自在。

她说:"等赚够了钱,想去布拉格旅行。"

"是去找他,和他表白吗?"

她没看我,冷笑着说:"我是去旅行的好吧!"

郑州姑娘

这是一个作家朋友讲给我的故事,总让我想起李志那首《关于郑州的记忆》。为了爱情,她曾经去过那里,多少次从火车上路过这座城市,一闪而过,勾起她很多的回忆,但是关于郑州她并没有太多的留恋,往事早已成为云烟。

是的,关于郑州,她想的不全是他。

郑州姑娘,其实是合肥姑娘,她只在郑州待了两年不到。她叫芸,年轻的时候在写作圈混,结交各种人,天南海北到处跑,一边旅行,一边写作,那些年居无定所,不知道哪里才是家,何时能安定。

偏爱自由,任性又洒脱。

芸有一个断断续续谈了三年异地恋的男友,两人曾在大理一起待了半年,然后去了不同的城市。第二年,她在北京找了份稳定的工作,他也跟着来了,几个月后又离开了,接着又开始异地恋。后来芸有了新男朋友,就渐渐忘了他。

但新恋情没有持续太久,男朋友劈腿,芸恢复了单身。他又出现在她的生活里,各种关心,让芸再次燃起对他的感情。那时他回到老家郑州周边的一座小城里发展,被父母逼着相亲,他总是嘲笑自己,快沦陷了。

有一天,他说:"要么,你来郑州吧,咱们结婚。"

几天后,芸答应了。那时她也想结束这种漂泊的生活,找个地方,找个熟悉的人稳定下来。她没想太多,甚至没要彩礼,不顾家人反对一个人跑到了郑州,然后两个人举办了简单的婚礼,仿佛一觉醒来就变成了别人的新娘。

婚后一年多的生活,芸才知道原来做别人女朋友和成为老婆是不一样的。当时太过草率了,在她还不了解什么是婚姻,什么样的人才适合自己,也没做好结婚的准备和决心时,就匆匆掉进了围城里。

原来,一切都不是自己想要的样子。

现在芸的婚姻生活一点乐趣和激情都没有,剩下的是争吵和妥协。以前恋爱的时候,一切看上去挺美好的,都试图把最好的一面展现给对方。约个会,聊聊人生,开个房,风花雪月,相伴是为了消解孤单,不喜欢了还可以分手。

恋爱是局部的美好与不好,婚姻是全部的真实。琐碎和日复一日的生活,让一个人不再伪装。结婚后,芸发现他们彼此的三观和对生活的情调并不契合。她觉得他变得庸俗了,没有追求,毫无情趣,还直男癌。他觉得她矫情,不安分,不会过日子,没一点结婚的样子,还被咪蒙的毒鸡汤给侵蚀了。

芸并不想让婚姻改变自己的生活节奏、改变自己对生活的热爱。她依然喜欢到处跑,有时一消失就是几天半月的,在家里也不爱和邻居亲戚互动,有时整日在房间里不出来,写文章、看电影,甚至发呆。丈夫曾给她在一家单位找了份闲置活儿,她干了两天觉得无聊,简直是浪费生命,就辞职了。

但她并不需要别人养活,她通过写稿、摄影和画画赚钱。

她通过这些可以月入两万,曾卖了一部作品的影视改编权,足够偿还他们新房的贷款。可这些别人并不完全知道,知道了也不会太相信。一方面丈夫不想让别人知道,那样他作为男人的尊严就没了,另一面,她也不想说这些,只要自己活得有底气就行。

那时丈夫在一家公司上班,每月只有三千元的收入,可他似乎很满足。结婚后的他,不爱锻炼,发福了,没了少年时的模样。他越来越放松对自己的要求,越来没情趣,以前还写点文章,聊一聊风花雪月,现在的他与街边的大叔已经没什么区别了。

这是她想要的婚姻生活吗,她摇摇头,还不如一个人过好呢!

结婚最大的痛苦其实是,你发现没感觉了,却不容易说放弃。

重要的是孤独,身边没有聊得来的朋友,也没几个热爱写作的圈子。她不喜欢周围的那些人,也不愿与一些大妈或小媳妇聊一些育儿家庭之类的话题。当然,那些人也不喜欢芸,觉得这个外来的媳妇怪怪的。

自然地,她与婆家的关系也不愉快,在各种关系里左右逢源她不会,她直来直去,不占别人便宜,也不想让自己吃亏。更让他们不满的是,她现在一点都不想要个孩子,至少三年内没这打算,她有很多事情要去做。

那时,芸就有了想离婚的想法,她不想辜负别人的生活,也不愿委屈自己。最终让她提出离婚,是因为后来遇到了一个邻居,一位年轻的妈妈。说来也是缘分,芸在公众号上写文章,有一位读者给她留言诉说自己的烦恼。

原来这位妈妈自从怀孕后，就辞职在家，本以为生完孩子后就可以返回职场，但孩子没人带，找保姆又不放心，无法脱身成了全职妈妈。每天她的生活都围绕着孩子，几乎没有社交圈，想做点兼职，又总是被孩子打扰。

很长一段时间，这位妈妈都处在抑郁的情绪里，她心情烦躁，觉得人生毫无意义，越看自己越像个家庭妇女。可这些情绪又不能表现出来，她不愿做个"坏"妈妈，她爱自己的儿子，只能展现很开心的一面。这种内外的反差压抑了自己，渐渐她总与丈夫吵架，她希望他能够多承担一些家务，能多带带孩子。丈夫却说自己一个人养家，那么累，你都不用上班，在家带带孩子多好，有什么不满足的。她觉得丈夫不理解自己，不够关心自己。

她说："这不是我想要的生活，但我没有选择。为了儿子，我只能委屈自己。"

听了这位妈妈的故事，芸预感到自己以后可能也会面临这样的生活和困境，她感到恐惧。可她还有选择，至少还没一个孩子束缚自己，逃离还来得及。她不否认做一个贤妻良母的伟大，只是她现在还做不到。

偏爱自由，任性又洒脱，不想随随便便凑合着过日子。

后来，芸不顾一切地离婚了，回到了北京，做着自己喜欢的事情,直到现在还单身。

我说,那你那时为何要结婚呀。

她说,太年轻了,想得太简单,结婚这事儿是不可以任性的。

北京姑娘

北京姑娘其实是山东姑娘,她叫阿雅,从小在镇上长大。曾经,她对北京有着很深的执念,那里有梦想,有自己的偶像刘同,她说这辈子一定要去那里。大三的时候,她在网上遇到一个人,把她撩得春心萌动,一直劝说她来北京发展。

阿雅说:"我很穷,怕在北京养不活自己。"

他就说:"我养你呀。"

那个时候,他已经在北京工作了两年,发展得还不错。即便没遇到他,阿雅也会去北京,现在有了个能依赖的人,岂不是更好,至少不会流落街头,至少还有爱情。于是,她有了去北京的理由。在那之前,他们还没有见过,有时觉得挺不真实的,一切还未知就决定去一个城市生活。

只有阿雅自己知道,她并不全是为了一个人去北京的。那时她刚刚看完《东京女子图鉴》的前几集,凌对东京的执念,对大都市的向往,就仿佛在说她对北京的执念一样,有一种东西在召唤她。

阿雅早晨十点的火车到西站,他八点就在那里等她了。还说,为了她的到来,他准备好了一切。在火车上,她很感动,这么细心体贴的男子,让她对北京生活充满了幻想。出了站口,她终于在人群中看到了他。说不上满意,也说不上失望。

可是,他却没想象中的那般热情,客气与矜持让阿雅感到陌生,完全找不到之前的状态。她以为,他会给她一个拥抱,她以为,他会拉拉她的手,调侃几句暧昧的话。可这些一直没有发生,他如同一个绅士,始终与她保持着朋友般的距离,从东城走到西城,像陪一个朋友旅游一样。

他也没有说,接下来怎么办,去哪里,如何安排。她可是来北京投奔他的呀,是来这座城市生活的呀,不是来一日游的!

一个之前热情撩你的人,越是对你君子,越是说明,他可能失望了。

喜欢你,才会忍不住想要靠近你。不喜欢你,男人都像个绅士。

敏感的阿雅感觉到了这一切。自尊和要强，让她表现得很淡定，看不出情绪的变化。她说："好累呀，不想逛了。我有老乡在北京打工，准备去那边先住下来。"他只说了一声："那好吧。"都没问在哪里，然后请阿雅吃了一顿饭，他的沉默让开朗的她也变得内向起来，这饭吃得很尴尬。

吃完饭，阿雅主动说："我先回去了，改天见。"他说好的，一句挽留都没有，然后他把她送到车站，就回去了。进了地铁，阿雅哭了，抹着眼泪。她哪里有老乡，接下来去哪里都不知道，除了自己的行李，除了身上的一千块钱，她在这座城市一无所有。她真怕用不了几天就会狼狈地回去。

阿雅的哭引起了旁边人的注意，他们有的好奇，有的想安慰她。她一次次回头看，又一次次看手机。她多么希望，他能回头来找自己，可什么都没有。这是多么的伤感和讽刺，自己简直就是个笑话，傻呵呵地来了，却被人遗弃在陌生的北京。

她茫然地站在地铁里，行人穿流而过，接下来要去哪里？是去火车站买票回去，还是找个地方住下来。想了很久，她选择了后者：不走了。她对自己说，你难道忘了来北京的理由吗,你并不全是为了他,而是对北京的那份执念。

想到这里,阿雅走出了地铁,一个人在大街上游荡,去了天安门,去了后海,还去了三里屯。走累了就找了一家青年旅社,住五十元的床位,这一住就是一个月。第二天,她参加了刘同的新书分享会,还准备问他一个问题:自己是否要留在这座城市。虽然后来没问到,她似乎得到了答案:如果热爱这座城市,这就是你的城市!

阿雅可能还不甘心,发短信给他:我走了。其实是骗他的,只想看看他如何回复,非得让对方说出对自己失望了,才觉得好受。

很久,很久,他才回信息:可能我们都是尊重内心选择的人吧,我想你也是,原谅我。

他们都沉默了,最后阿雅说:好的。

她忍着眼泪,对自己说:你不能认怂!

但想要在北京体面地活下来,并不那么容易。她一无所有,只剩下穷了。没钱租房,只能住客栈床位,没钱吃饭,就吃包子喝热水。睡不好,吃不香,又愿不让别人看到自己的狼狈不堪,更不愿意去求他。

后来,她去了最想工作的地方——光线传媒面试,失败而归,除了热爱,她感觉自己与他人的差距还很远。学历一般，什么都不会，什么都做不好，似乎很没用。她又面试了很多工作，都不太理想，在身上的钱快花光时，她找了一份广告文案策划的工作，薪水很低，可至少是一份工作，活下来很重要。

一个月后，阿雅领到了人生中的第一份薪水，想去租个房子，却发现都需要押一付三，她的钱只够租一个月，无奈只好在昌平北七家租了一间五百元的自建房。每天她要坐公交去天通苑排队挤地铁，然后被浩浩荡荡一群人包裹着去惠新街北口上班。为了打卡，有时还要一路狂奔。

她每天大量的时间都花在上班的路上，挤来挤去的，还有大量的时间在加班，哼哧哼哧地干活，还总不能让老板满意。明明不是互联网公司，同事们却天天加班到十一点才回去，时常赶不上最后一班地铁，打车的钱真是滴血。她不知道别人薪水怎么样，是否有提成，但她每月只有四千元的薪水。她不想加班，可别人都在加班，她不好意思早走。

时间长了，她会觉得这样的生活很崩溃，不是自己想象中的北京生活，没有自由，没有品质，更没有钱。她想跳槽，又怕交不起房租。那时，她渴望能在市区租一间自己喜欢的房子，有一份体面的工作，并有时间去做自己喜欢的事情。当然，她也渴望爱情，渴望在这座孤独的城市有人陪伴。

阿雅又遇到了一个人,那人对她颇有好感,包括相貌。此人是个自由编剧,经常在微博分享影视相关的事情,还曾参与过刘同的电影项目。她想,这一定是很厉害的人,且是她认识的人当中离偶像最近的。她再次被人撩了,却不怕了,因为北京就在这里,他也给了她神往的东西。她总是有问不完的问题,关于刘同,关于那个行业,关于他。

说到底,阿雅很想进入那个行业,成为其中的一员,并有个厉害的男朋友。

可当他说自己其实大她八岁——这不是关键——当他说自己个子不高时,她失望了。阿雅对男朋友的要求是不低于一米七,显然他差了一截,还差她小半截。接下来就比较尴尬了,两个人都觉得破灭了一般,有些失落,聊天的气氛骤冷。

可能男人不甘心,可能他一直孤独,总是被嫌弃,很渴望有一份爱情,可能他真的很喜欢她。第二天,他又来找阿雅,说先让我追你试试吧,你现在也不用答应或拒绝。

可能她并没完全拒绝,可能她需要他的存在,只是内心有些抗拒他的真实。

毕竟,她在这座城市没有朋友,更没有一个愿意对她好的人。

毕竟,他在这座城市生活十年了,知道很多她不知道的东西,有很多她不具备的经验和人生阅历,过得比她好。她需要这样一个人,在她人生最暗淡的时光里,给自己一些指引,一些鼓励,甚至得到一些帮助。

她说好的。

过年回家,她去车站等车的一个多小时里,他们见了一面。两人在西站的吉野家吃了一顿饭,他人很温暖,憨厚,是个好人,只是缺少一个成熟男人的魅力,他的确很平凡。送她进站的时候,他很想抱一下她,她没答应。

情人节那天,他发了个红包,她点开了,说了句谢谢。

在此后的日子里,他们若即若离地相处着,他很想靠近,她的内心依然在抗拒,保持着距离,却始终无法明确拒绝。她很想得到他的好,以朋友的方式相处,但这似乎不是他想要的结果。对于他问"是否能答应我了",她会说,怎么说呢,我是慢热的人,我们可能需要更多的了解吧,感情这事不能敷衍。

那时,阿雅正处在人生最暗淡的时光里,对未来很迷茫,过得很糟糕,离她想要的生活还很远。她有时想,就接受他吧,他会对自己很好。可他不够她的预期,她纠结他的身高,纠结他不够成熟男人味。而且他看上去并不厉害,在这个年龄阶段,他同样面临不堪和焦虑,只是比她过得好一些。

几个月后,阿雅换了份工作,在果园租了个单间,交完房租,她再次穷了。每当她抱怨生活的时候,他总会说,要不去我那里吧,我很愿意对你好,两个人在北京一起努力,不会那么辛苦。他憧憬了心中美好的未来。

这时,她会发个笑脸,不说话。

是的,只要她愿意,就可以结束这种糟糕的生活,并且有人愿意爱自己。但他不是理想的那个人呀。

后来男人又约了她几次,特别想见她。为了避免走得太近自己会妥协,也怕他试图亲近,阿雅会告诉他,最近比较忙,等有时间一定找你吃饭、看电影。她没说谎,确实很忙,连周末都被很多事情占据。可她又觉得,应该去见见他。

男人有点敏感又自卑,觉得自己没戏了吧,且对她冷淡又模棱两可的态度有了些情绪。他拉黑了她两次,最后还是又把她加了回来。有时,他像个孩子,把情绪展现给她看,喜欢冷暴力。有时他又很关心她,给她很多的鼓励和感动,包括介绍一些她需要的资源。

有时看到他接了新剧本，写了新书，拿到了稿费，阿雅也替他感到高兴，忍不住主动找他聊天，鼓励他继续努力。说真的，她希望他变得更好，不再自卑，自信积极，成为很厉害的人。但这种关心，又怕被他当成爱意，不敢说太多。

阿雅觉得自己应该去见见他，这类的男人一旦绝望，可能就会从你的世界消失。然而说好了要见面的，好几个周末都未能成行，不是被同事约了，就是要见客户，并没有太多的时间留给他。在男人的感觉里，这不过是因为他还不够重要，想见早就见了。

他一次次落空，再一次问："这周有时间吗？"阿雅说："周末要回学校办事情。"

这一次，他没回。其实她感到了歉意，打算在返回北京时和他见一见。她一直等他回话，一天过去了，他都没动静。她想那就下次吧，这次确实时间仓促，晚上还要去公司加班，不能见太久。

下午，阿雅在回北京的火车上，又纠结起来，还是问他一下吧。思来想去，她终于给他发微信说：你在干吗，晚上有什么安排。他说没什么安排，想见你。她就说，我在火车上，还有一个小时到北京站。

"那我去车站接你吧。"

"你不用去车站接我的,你可以说个地方,到那里见面。"

西单、南锣鼓巷,还是欢乐谷,他说。因为距离的问题,她纠结着。一开始她对他说,几点回去都行,后来又表示必须七点回公司参加会议。火车上信号断断续续,离到站还有半小时前,他们还没确定地点。

他说:"那就西单见见吧,离火车站很近。"

由于网络问题,等她回复时,他已经出发。

她说:"要不,我们下次再约吧。"

这时他已经走进了欢乐谷地铁站。

阿雅有点急:"我刚才说了,我七点必须回去,真没太多时间见了。"

断断续续的网络,拉长了他们的回复和对话。

他说:"可我都出来了,已经刷卡,见一小时也行。"

"你不要这样,我在你和商量呀,还是下次见吧,好不好。"

"但车已经开走了。"他带着怨气想,仿佛在说,你折腾我呀。无论她见不见,他都去定西单了。

阿雅万般纠结,也生气说:"你都不听我商量,不给我留余地,这样子这让我很难受。等你到西单,都快六点多了，我七点就得回去，还怎么见面呀！"

许久，他回："你回去吧，我一个人去西单书店逛逛。"

那时，她接到同事电话，挂后又过去了一段时间，她回信息说："那好吧，下次再约。也怪我，一直在纠结！"

男人在地铁里盯着手机，打了一行字又删了。他很想说，不是我一根筋，而是你没给我太多时间，既然要见为何不早点说，好让我有个时间准备，这只是因为你不愿见罢了。那刻，他有了再次拉黑阿雅的冲动，这样他会好受点。

说到底，阿雅内心深处，还无法接受他，亲近他。正如他想的那样，想见一个人，再远都不是问题，再忙都不是借口。不想见，就会有一万个理由和纠结。说到底，他不是她满意的那个男人。

阿雅也意识到，自己其实和当初那个男生一样，嫌弃了别人，无形中也伤害了别人，显得无情。但这似乎又没错，我们尊重自己的感受，不想欺骗自己，不想辜负别人。我们这一生，被别人以各种理由嫌弃过。也许是别人看走眼了，也许，那时我们真的还不够好，不够优秀，有点差劲。但我们也学会了认识自己，学会了成长，努力让自己变优秀,最后能够闪闪发亮。

那个男人之后便消失在她的生活里,她有些可惜,也觉得这是必然的结果。

她也一度逃离北京,又再次回来,她对北京的执念太深,不想输。

许多年后,阿雅逐渐适应了这座城市的生活,也变得越来越好,知道自己想要的是什么,不再纠结,也学会了释怀。当再次遇到那位当初把自己丢弃在北京的人时,她已经蜕变成一个成熟又靓丽的女人。

他说,对不起,一直欠你一句道歉,那时……

她说,没什么,那时我真的不够好,就像我后来也会嫌弃别人一样。

而对于后来那个男人,这些年他过得还好吗,她希望他能找到一个真正爱他的女人,并成为一个很厉害的人。

兰州姑娘

· 1 ·

文艺青年的梦想，很简单，开一家小店，可能是花店，客栈，咖啡店，而周颖却在兰州开了一家文艺小酒馆。位置太偏僻，生意有点冷清，勉强维持着。店里有一个酒保，二十多岁，周末或晚上会来兼职。

周颖关注了我的公众号，时而会给我评论。有一天，她给我留言说，陈同学呀我想咨询。我说这要付费的。她撇撇嘴，那我讲故事给你听吧，你写出来。我笑说，我可没酒呀。她说我有个小酒馆，你来呀，有酒有故事还有美女。

我看了她头像，还真是个美女，作为一个单身狗，总是有很多的幻想。

那时我在兰州旅行,便说:好呀。

· 2 ·

几碟小菜,一壶温热的酒,几首民谣。

周颖坐在我对面,一脸惊奇:"你是个男的呀。"

这让我有点失落,说本来就是。

她喝了一口酒说:"看了你这么多文章,细腻得让人心疼。在我的想象里,你应该是个多愁善感的南方姑娘,年近三十,没有性生活,还有点抑郁,平日烟酒为伴,经常写稿到深夜,写累了就四处旅行。"

我没说话,笑了笑,冷清的店里只有我们两个人,周围飘着淡淡的酒香和花香,播放着夏小虎的《旧时光》。她看上去很憔悴,像是大病未愈的样子,懒洋洋的,又带着那份倔强撑着自己的笑。在她微微欲醉时,开始讲自己的故事。

她和第三任男朋友K分手了,确切地说,她无法接受一个不在乎她的人。

他们认识的过程有点俗套,像偶像剧。半年前,K给姐姐的咖啡馆装监控,在屏幕里看到了她的一个背影,就爱上了她。那时他还有女朋友,并没有贸然打扰,而是悄悄另装了一个摄像头对着酒馆,每天观察她的一举一动。

K想,她应该没有男朋友,看不到她和谁有亲昵的举动,每天一个人来开门营业,一个人关门走人,偶尔会有几个闺蜜来看她,店里有个服务生。

酒馆的生意冷清,没人的时候,她就一个人喝酒,看着窗外的行人发呆。

她喜欢摄影,一面墙上贴满了各种图片。

她喜欢美食,喜欢做各种下酒的清淡小菜。

看着如此文艺温婉的姑娘,又那么漂亮,在上个女朋友不知何故走掉后,K开始追求周颖。K的出现,给周颖冷清苦闷的生活带来热烈的阳光,他还居然那么地了解自己、懂自己,各方面的条件都不错,周颖就答应了他的追求。

周颖谈过几场不成功的恋爱,累了,这次她很认真,希望有一个美好的结果。K说想成家立业有孩子,她就开始调养身体准备和他结婚。那时,他已经三十岁,到了要结婚的年纪,父母在催他。尽管他有过很多恋爱史,她还是对他投入了很大的热情。

· 3 ·

她没经过那么多的套路和矜持,很快就热恋起来,发生了该发生的一切,做了很多浪漫的事,也包括见父母。那时两人每天都要腻在一起,手机上也是个聊个不停,不能出去的时候,K就陪她在酒馆待着,然后晚上一起回家。

两个月后周颖没来月经,他们都以为她怀孕了。慢慢地,她发现K有了些变化,不再那么围在她身边了,到处跑,总是不知道他在哪里。他说最近在忙呀,还有哥们关系要维持,不能天天和女朋友腻在一起。

这些周颖都能理解,可她无法忍受的是,男朋友和她道晚安后,深夜还在和其他姑娘发暧昧的信息。他解释说,那是客户,是好朋友,开玩笑而已,总之理由很充分,还很不耐烦的样子。她又问,你为何不像之前那样对我好,不这样和我聊了。他不想解释太多,然后转头玩自己的游戏,她委屈地流泪,像个傻逼一样,他就说你好烦呀。

她问:"你是不是怀疑我怀孕了,才这样?"

他没有说话。

她问:"你还爱我吗,还准备和我结婚吗?"

他依旧没说话,游戏的噪音淹没了她的声音。

即便这样,周颖依然不想放弃这段感情,对她来说,她已经把K当成未来的结婚对象,做好了准备,不想无疾而终。

K曾带周颖见过自己妈妈,他是单亲家庭的孩子,性格上有点固执和任性,她愿意去忍,而且对他妈妈像对自己妈妈一样好。她想,也许是单亲家庭的缘故,让他有婚姻的恐惧症,内心还没做好准备,或者因担心她怀孕而倍感压力。K的弟弟说,她是他哥这些女朋友里最上心的一个。他妈妈对周颖也很好,像亲人一样。

所以,周颖还是希望他能够重视自己的存在,像以前那样。为了不让他有顾虑和压力,她还去医院做了检查,如果真的怀孕,如果他现在还不想过早地做父亲,她愿意打掉这个孩子,只要两个人能够好好的。

· 4 ·

检查结果,周颖并没有怀孕,可他还是不够上心。

在胡思乱想、极度缺乏安全感的日子里,周颖病倒了。在医院躺了几天,K都没来看过自己,没发过一条短信。受不了他的冷漠和不在乎,心灰意冷的周颖,赌气般提出了分手。她想着,如果他能够挽回一下,她还是愿意反悔的。

然而在微信里,K只是淡淡地说了句"好的,那就这样吧"便没再说话,没有挽留,连一句安慰、一句解释,甚至一句对不起都没有。

她一直等,不停看手机、刷朋友圈,一天,两天,三天,他都没再找她说话。

在医院里,她用被子蒙住头没出息地哭。泪腺貌似坏掉的感觉,就是掉眼泪。

周颖说:"他冷漠的态度,才是对我最大的伤害,居然这么不在乎我。如果不爱我,为什么还来招惹我?我想不通,怎么就会这样子,到底哪里做得不好?"

周颖明显有点醉了,说着很多混乱的话,像个孩子一样哭。

我那柔软而多情的心,泛起了些怜爱,很想抱一抱她。有那么一刻,我曾想说,如果是我,一定会好好珍惜,不会忍心去伤害一个对爱情如此认真的姑娘。当然这么想,也说明我是一个没人爱的男人。

那些漂亮的姑娘,追求着她们想要的爱情,有时伤痕累累。

那些带光亮的男人,谈着一场场的爱情,有时三心二意。

那些平凡的人，试图遗忘不甘的幻想，与不太满意的人结婚生子。

其实，我什么都没说，不会安慰一个埋头哭泣的女人，有点尴尬地假装自己被这忧伤所感染。这时，从门外进来一个大学生模样的人，二十多岁，高高的，有点像杨洋，然后他朝这边走过来，并对我笑笑。

"周姐你又喝酒了，不要再这样折磨自己了，那个人不值得你这样。你去休息吧，这里有我照看。"那个男生轻声说道，阳光打在他好看的脸上，让我有点嫉妒。

"没事，我和这个作家再聊会。"她抬起头，头发凌乱的脸上，有几滴泪痕。

那天故事没讲完，她约我第二天继续喝酒。

· 5 ·

第二天是周末，进去的时候，周颖在靠窗的位置发呆，男生在吧台远远地看着她，从那好看发光的眼神里，我看出了关爱。他把一杯热奶茶端了过去，放在她的面前说："周姐，我记得刚来的时候，你总是笑得很开心。你应该快乐起来，哪怕我陪你去外边逛逛也行，拿起你喜欢的相机，春天了，到处都是风景。"

我像看韩剧一样看着他们,俊男靓女,竟是那么的般配和美好。

男生走后,我对周颖说:"感觉他应该喜欢你。这么温柔又这么好看的男生。"

她笑笑说:"但他还是个小孩。"

"至少他很暖,很关心你。"

"可我只喜欢我喜欢的人呀。"

周颖继续讲自己的故事。她本来是魔都一家外企的白领,平常热衷于理财,前几年她的几支股票大赚了一笔,然后就辞职去旅行了,在兰州遇到一个民谣歌手,他喜欢写诗喝酒,酷酷的,放荡不羁。她爱上了他,因为他说以后想开一家小酒馆,和心爱的人唱着歌,喝着酒,慢慢变老。然后,她就在家人的反对下,拿出所有的积蓄在兰州开了这家酒馆。

但酒馆有了,歌手却过不了日复一日的生活,那颗不安定的心,让他再次去了远方。为了追随喜欢的人,她曾打算卖掉酒吧,追随他而去,可他却在路上爱上了一个南方姑娘。他说:"对不起,我爱上了别人。"

歌手留给她一首自创的《兰州姑娘》。

爱够了,他就走了,而她只能借酒消愁,一杯酒,一首歌,一支兰州。

再后来她在店里遇见了一个摄影师，暗恋一年，明恋一年，他们在一起做所有情侣可以做的事情，但他就是不肯给她一个名分。这是爱情吗，她不想这样下去，她需要一个确定的身份。在她生日那天自己主动买了一对戒指，向他告白，等于求婚吧，没想到他当着很多人的面无情地拒绝了她。她像个傻逼一样在大雨中哭着狂奔，还撞上了车，感觉整个世界都在讨厌自己，和她作对。

她躲在深夜的酒馆里，哭得稀里哗啦的，说再也不想恋爱了。

可周颖还是恋爱了，就是这个监控男。处了两个月，无疾而终。她说："其实我就是个傻逼，总是被抛弃。一直以来我都是为了我爱的人而活，从来没为自己活过。我的第一个男人喜欢酒馆，我就开酒馆；我的第二个男人爱摄影，我就学化妆造型给他当模特拍照；我的第三个男人说想成家立业有孩子，我就开始调养身体准备和他结婚。"

"与K谈恋爱以来，什么都顺着他，做他喜欢的姑娘，包括他说晚上不想回家想去汗蒸会馆住我都答应了。包括有时身体不舒服，都不想让他扫兴，尽量配合他，事后自己肚子疼。而他却从来不说任何事，我过问了，他就说不信任他。我追电话就说我啰嗦烦……"

"后来K也跑了,连一句道歉都没有。"

"你说,我是不是很差劲,总是找不到对的人。"

"不是,可能就像你说的那样,你总是为别人而活,丢了自己。"我回答。

她说,等天气暖和点就出去逛逛。

·6·

几个月后,她说在北京。我开玩笑说:"是来看我的吗?"

她发撇嘴的表情说:"不是。"

周颖是从医院偷偷跑出来的,身体还是很虚弱,只是想找个地方透透气。可她却在房间里躺了一天,哪里都没去。想找人说话,打开陌陌,都是一群莫名其妙的人,看到我发微博了,就打个招呼,让我别多想。

那之后,我也不知道她怎么样了。也许,她和那个很暖的男生在一起了,言情小说都是这样发展下去的。而现实中却没有。我再次路过兰州,去了这家酒馆,那个男生还在,他说:"老板又爱上了一个艺术家,劝她也不听。"

男生又说:"其实她应该找一个真正对她好的人。而那些人，仅仅只是为了谈一场恋爱，她只是别人旅途中的一道风景。"

这时，酒馆里响起那首《兰州姑娘》。

第三章
还没混出模样,但不想认输

父亲说,他不想认输

· 1 ·

父亲说,他年轻时,也是有梦想的。

如果当初选择去省体育队,可能后来也是个吃公粮的人。

但在那个年代,他没办法选择命运,无法为自由不羁,最后还是老老实实成了农民。能怎么办呢,两个哥哥都在县城上班,爹妈在老家,一个还体弱多病,总要有个儿子留在身边,父亲成了那个作出妥协的人。

他并不是很情愿,可他没得选择。

· 2 ·

父亲是个高中生，在七十年代末的农村，算得上高学历。可他说，其实没学到什么，大部分时间都在生产队劳动，倒是后来因为长跑的特长，被选进了县体育队。

父亲那时跑得很快，十里八村没人跑得过他，学校每次比赛能拿第一。

体育队的老师很看好他，想好好培养让父亲成为专业的运动员。那时，有点特长的人都有机会进体育队，临县一个人因为长得高就被选进篮球队。父亲那时就是这种被老师看中的特长生。

成为体育生待遇很好呀，再也不用下乡劳动，吃住都免费，还有大餐，能吃到鸡腿，每月还给五块钱。那时，大伯考上了县里的公务员，不用种地。爷爷退休后，二伯接了班（"子女顶替就业制度"）成了企业的一名职员。父亲很想去体育队的，恐怕这是他离开农村这片土地唯一的出路了。

父亲做好了这辈子献身体育事业的准备，当他把这个消息告诉家里时，如前面说的那样，这个梦破碎了，他为命运作出妥协。体育队的老师多次来家里，试图说服父亲和奶奶，但未能如愿。

如果是我，可能会离家出走，但在那个年代，一个人身上背负着太多的家庭和道德的重担。你不属于你自己一个人，更多的时候，属于集体，属于这个家族，个人的理想和自由，要服从大家，甚至可以被牺牲。

父亲觉得，他这辈子活得挺委屈的，此后大半生都是如此。

· 3 ·

很快，他就过上了这个村子大多数人的生活，结婚，生子，生计，日复一日地过日子。经过邻居说媒，与母亲结婚，没有什么爱情，但这么多年相濡以沫，早已习惯了彼此，平淡又真挚。

爷爷工作时两袖清风，没有给家里留下太多的财产，所以父母结婚的时候，甚至没有像样的家具，连房子都是大伯留下的旧房，我不知道父亲有没有怨言，此后的很多年就那么过来了。我只是替母亲委屈，对于一个女人来说，她没有得到她应有的体面，从二十多岁到五十多岁，在旧房子里过了大半辈子，毫无怨言。

可能父亲并不甘心命运被这般定型，不想成为只会种地的农民。年轻时，他到处折腾，与村里几个有为青年天南海北地跑，寻找各种商机，可没赚到什么钱，只是开阔了眼界。后来，他利用会木工的技能，做一种木箱子卖给外地客商，也仅仅是赚点辛苦钱。

生活就这么平淡地过着，没有盖新房，多数时间在农田里忙活。种过西瓜，甜瓜，冬瓜。春天收大蒜，夏天收小麦，秋天收玉米。锄地割草，灌溉打药，年复一年的劳作，乏味又漫长。快到中午的时光最难熬，我总嚷着回家吃饭，他总是说再等会儿，继续干活。

· 4 ·

到九十年代中期，父亲迎来了人生中的巅峰。村里陆续建了很多工厂，做木材的半成品加工卖去韩国。有一家厂拉父亲入伙，因为他多少有点文化，会算账，就成了会计。市场行情很好，他们赚了一些钱，父亲也认识了很多人，有了"江湖地位"，很多人都会给他些面子，那些十里八村供货的农民见了都要打招呼。好景不长，可能是内部原因，做了没两年工厂就解散了，分给父亲一些钱。

我不知道父亲分了多少钱，他只是在第一时间买了一辆三轮车，在那个年代这是仅次于拖拉机的农村运力工具，且比拖拉机体面，用途多，灵活方便，可以拉东西，还是走亲访友的重要交通工具。

彼时几条街都没有,父亲是第一个买的,记得从镇上开回家后,他连续几天慢慢悠悠在街上转悠,上面坐满了邻居的孩子。我问怎么不去大路,他说新车要先磨合,还要练车。看着街头那些人的羡慕和各种询问,我想那是他这辈子最风光的时候。后来几乎家家都有了三轮车,接着是电动车,再后来流行小汽车。可那辆三轮车一直被他开了二十多年,直到破得像堆废铁,也不曾舍得丢掉。他也像这辆车一样,渐渐与潮流落伍了,不断被超越。

第一家工厂解散不久,又有人合伙开厂拉父亲入伙,账目这块还是他管,这为日后他这一生最大的挫折埋下了隐患。刚开始还行,父亲很风光,俨然一个小老板,但做了不到两年,开始变得危机重重。

我不知道具体发生了什么,只记得那些年父亲整天愁眉苦脸,唉声叹气,十里八乡村供货的村民都来家里要账,其他合伙人开始各种扯皮,推卸责任,父亲成了冤大头。他是管钱的,很多收据又是他签的,要债无门的人都来找他。

那时我还在上小学,并不清楚到底发生了什么,看着父亲愤怒、无助、委屈、绝望,到最后他把矛头指向了一个人,他的合伙人,也是从小玩到大的一个邻居兄弟,认为对方吞了钱又陷害了自己。

很多次,两家人在街头对骂,让邻居评理,父亲声嘶力竭,直到没有力气。

很多次,吵到激烈的时候,对方十八岁的儿子脱掉衣服,想要打父亲,十五岁的哥哥与之扭打,被邻居拉开。

很多次,父亲气得病倒,躺在屋里大声骂,用手使劲地砸床。

很多次,他们在大街上争吵的时候,十二岁的我在院子里用棍棒使劲地敲打自己的胳膊。我想练成铁布衫,金钟罩,等哪天两家人打起来,我去和他们拼命,使劲踹。可那时的我,连一句争吵都不会。

后来父亲曾说,他一度想死掉得了,与王八蛋同归于尽。但想到还有一家子要靠他养活,孩子还在上学,他放弃了这个念头。生活还得继续,要想办法赚钱养家。那段时间,我们家特别特别的穷,穷到除了粮食,几乎没有钱。而仇家却盖起了新房,儿子风光娶了媳妇。十多年过去了,父母还住在那间老房子里,上面长满了瓦松。

很长时间,一家人都吃不到像样的菜,每天都是萝卜咸菜,擀面条。

有一年,爷爷奖励我一百块,我原本计划着买很多东西,玩具枪,小鞭炮。父亲看到后就以保管的名义要走了，无论我怎么哭闹，他都没再给我。我那时特别委屈，很多年后才明白，那一百元对这个家来说，还有更大的用处。

为了养活一家子，父亲借钱买工具买原料，在自家做拼板加工卖给村里的其他木材厂。从甲方变成了乙方，父亲不再是什么老板，有时还得看别人脸色，被挑三拣四，经常去要账，但日子渐渐好起来了，虽然赚不了大钱，好歹稳定了。

姐姐初中辍学后在家里帮工，有时在附近工厂上班。像这里大部分的姑娘一样，不到二十岁就被各种说媒，定亲，准备结婚。

哥哥也辍学了，成为父亲重要的帮手，那辆三轮车都是他开着拉货、下地干活。像这里的大部分男孩一样，帮家里干活，同样不到二十岁就被各种说媒，定亲，准备结婚。

我成了家里唯一上学的人，可成绩并不好，尽管我很努力。

爷爷去世后，奶奶一个人过了二十多年。大伯在机关里混了半辈子，当过处长、科长、厂长，不玩权术，不巴结关系，所以一直停滞不前，为了几个孩子操碎了心。二伯在体制改革中下岗了，再次变成了农民，与父亲的关系很淡，一辈子不怎么不说话，全靠大伯在中间调节。

有一次几家人在奶奶屋里吃完饭,讨论了很多事情,可能不是那么愉快。父亲回来坐在厨房灶台前的木墩上,像个孩子一样在大伯面前哭了。父亲说:"我这辈子活得憋屈,从来没人帮过我,还天天受气。"

大伯叹气,他是长子,作为城里的"凤凰男",他对奶奶最好,可很多事情都得靠两个兄弟,左右为难。即便父亲委屈,奶奶还是一直在我们家住了半辈子,父亲该做的都做了,尽管他不会刻意地表现出来。

· 5 ·

爷爷过世时,大人曾给我和华子(亲戚的孩子)算过一卦。母亲说:"你命不好,别看你现在成绩还行,以后未必有你华弟有出息。"

父亲说:"那是迷信,别信。"

小学时我确实"红"过一段时间,从此再未超越过自己。一年级不幸留级,可第二年竟成了全班第一名,无论语文和数学,常常考第一。从此被老师当宝贝一样照顾着,他们把我的课桌单独放在第一排。下课后,经常被一群人围着,连女生都把我看成小男神。但后来我变成第二名、第三名,渐渐就不再受人瞩目了,变得普通。

从十三岁开始我有了抑郁的倾向，愈加的内向，喜欢待在自己的世界，幻想未来强大的自己，现实中却无法打开自己，处处逃避。我一点都不成熟，不会待人接物，不爱和街上的人打招呼。在农村的价值体系里，我算是比较没出息的人。但我并不这么认为，想着以后要当一个作家，企业家，或是政治家，施政纲领都规划好了。我开始写文章，无数个暑假的下午，在稿纸上写写画画。

下地干活的时候，只要停下来，我喜欢望着远方发呆，想象外边的世界，思考人生。没人能够了解我在我的世界里想什么，我只能和自己对话。而别人的世界很简单，就是扯着嗓子，隔着几十米与邻居唠嗑。我不喜欢这样的生活。

我成绩并不好，小学毕业时母亲多交了一千块，让我上了县里的中学。我不是一个聪明的人，但从没放弃努力，很有上进心，就是优秀不起来，全班一百人，排在二十名左右。数理化很吃力，如果不是政治、地理、历史特别好，可能会落入差生行列。最惨的一次有几门只考了十几分，家里并不知道。我本想着下次赶上去，可发生了意外。

我的同桌，一个城里的小胖子总是挤占我的座位（教室很拥挤），冯同学想帮我教训胖子一下。我作为一个老实人,是不愿意惹事的,可他说没事,吓吓那小胖子就不狂了。晚上我们在小胡同里拦住小胖子,他拳头乱飞打在胖子脸上,下手太重了,胖子第二天半边脸都肿了。对方父母找到学校,吵吵嚷嚷,原本默默无闻的我成为事件焦点,被全班围观,最后被叫家长。

我平生第一次惹事,还不是我干的。

父亲来了,赔了对方医药费,各种道歉,又找老师了解我的学习情况。回家后,他语重心长地对我说:"你成绩既然这么差,就别上学了,跟你哥一样,回家帮忙吧。"我死活不愿意,怕这辈子就变成农民,再也没有机会去远方。

上学是那时我通往外边世界的唯一通路,我不甘心这么快就断掉。我对父亲说:"再让我上几年吧,下学期一定赶上去。"父亲叹了口气,便没再提这回事,我靠着死记硬背成绩又上去了。

中考时,多交了几百块去了一所私立高中。

尽管我很努力,但成绩依然没突破,偏科严重。我还是那么的内向,整整三年都特别抑郁。我外表平静,内心却极度压抑,觉得自己糟糕透了,活着特别没意思,可能比较怕死吧,倒也没出现过什么状况,就那么过了几年。我曾在地摊上买过一本盗版的《韩寒大全集》,开始疯狂地想当作家，幻想着有一天像他一样，成绩很差，却很牛逼。

我希望能够出现奇迹，在高考时超常发挥，考个三本也行。事实上，我高考三天三夜没睡着，失眠了，考数学时竟然在考场上睡着。后来除了文综发挥超常，其他科目惨不忍睹。那时大学扩招，各种大专、高职和民办高校到中学招生，只要过了统招分数线，愿意多交点钱，还可以继续上学。

在一个招生人员的蛊惑下，我与几个校友一起报考了济南一所学校，一学期学费上万。母亲说："这么多钱，又不是什么名牌学校，上了又怎么样，又不给分配工用。"我也知道学校一般，可真的想去，想看看外边的世界。

父亲说："他想上，就让他去吧，长点见识，总比在家做个农民强。"那是我最感动的一次，父亲并没有阻止差生儿子上学的机会。我有时想，他可能想起了年轻时的自己，不想我这辈子也拴在这片土地上。

· 6 ·

学校在没有录取的情况下，就通知我们提前去报到，招生老师信誓旦旦说能录取。带着疑惑、憧憬，当然还有一万块的学费，父亲亲自陪着我去济南的学校报到。一个月后，学校公布了录取分数线，我和一批人并没有被录取，但学校说与江西某学院联合办学，可以拿到那里的统招名额，发那里的毕业证。

这不是骗人吗！

大家很愤怒，但最后还是妥协。钱都交了，又错过了报考其他学校的机会，无奈接受了现实。那就好好上吧，无论是哪个学校的证，有个就行。我也妥协了，但新的问题来了：我无法适应新的环境。

相比高中，这完全是另一个世界，所有人都积极融入新的生活，参加社团，进行各种社交，组织活动，追求兴趣爱好，谈恋爱……每个人都释放着自己的能量，展现多彩的一面，而我没能改变自己，依然活在惯性里，日子过得乏味，与周围的世界格格不入。每一天对我来说都是一种煎熬，时刻都想着逃离。我开始跟不上课程，不知道老师讲什么，也没交到什么朋友。

而那时的一个精神寄托也没了，连爱情都谈不上，写了两年的信见都没见过，她曾说要做我最好最好的朋友。她驶向了崭新的生活，我却在过去里一直没出来，内心极度需要一个依赖，可别人的车早开走了，我变得无法适应。

那段时间，整个人状态糟糕到了极点，抑郁达到了顶峰，我特别煎熬，度日如年，无法想象以后的几年会怎么样。某天我心血来潮，胆战心惊地想悄悄离开，去一个陌生的地方，去看一个人，然后去流浪，可没买到车票，又只能回来了。

终于熬到了年底，我对父亲说，不想上学了。

父亲同意了，没有责备，只是他不知道我当时的内心状态。可能他不抱什么希望了，觉得我这辈子也将和他一样，老老实实地活在这片土地上，但我那时只是想离开学校的环境。回家后却发现比之前更糟糕了。如果不离开，我就必须做好成为一个农民的准备，结婚生子，为生计奔波。这样的生活，对当时的我来说，简直像被判了死刑一样。

我想出去打工，他们不同意。

那种绝望真的让我精神接近崩溃。

父母开始张罗着给我介绍对象，这让我意识到，必须离开这里，必须！一天，姑父在酒桌上劝我听父母的话早点结婚，我的情绪再也控制不住，拿着酒杯无声哭泣起来，所有人都愣在那里，不知所措。

离家出走的念头在我心中酝酿，在一个极为平静的一天，我偷偷拿了家里两百元，留了张纸条，说去苏州找同学打工，然后在凌晨趁着夜色步行到车站，再匆忙坐车去另一座城市，像逃跑一样生怕他们追上我。等火车开动的那刻，我知道，我离开了。

我去了苏州，潮湿阴冷的三月，城市下着细雨。想去看一个姑娘，她在一所贵族学院里，我坐公交去了那里，站在大门口。后来，我曾给她打过一个电话，除了她一句淡淡的"哦"，什么也不记得了。

接着，我开始想该怎么生存下去。我每天扛着行李从老城到新区，又从新区徒步回来，也没找到招工的地方。我在各种店门外徘徊很久，然后走进去问，别人看着我狼狈的模样，都说不需要。晚上就睡在售票大厅里。在行李包被偷走，身上还剩一百多块时，一家饭店愿意要我，工作是端菜，薪水很少，包吃住。

我有了落脚点，活得很苦逼，心里却乐呵呵的。我对新的世界充满了好奇，每天中午和晚上下班，我都会到处溜达，穿过很多街巷，看很多风景，有时去很远的地方逛逛书店，不出去的时候在店里看书，在废纸上写写画画。在那个饭店里，我显得有点另类，他们依然把我当学生看待。我开始写东西，大量的钱都花在了网吧里，别人都是玩游戏，看电影，我却在看新闻写博客。

相比学校,我不再那么压抑了,慢慢放开了自己,性格开朗了一些,懂得在外边维护自己的利益,有自己的小脾气,还曾与人打了一架。但内心还是迷茫的,不知道明天在哪里,不甘心于这种日复一日的生活,幻想有一天可以变得很厉害。

一个月后,我才拨通了家里的电话。我原本想会出现电视里的煽情画面,失踪一月的儿子突然出现了,彼此情绪无法控制,都哭了,然后他们质问我为什么要离家出走,接着让我回去。事实上,父亲很平静,就像我没离开一样,他没有骂我,没有质问,也没让我回去。他说,既然去了苏州,没什么危险,那就好好干。

从那以后,父亲不再束缚我,容忍我的叛逆,也不再逼我结婚。他开始明白,我想出去,有自己的想法和追求。第二年又在南方电子厂流水线干了半年,看不到希望后,在一个同学的鼓动下,我带着赚到的四千元坐火车去了北京。

· 7 ·

我离开了,父母和哥哥姐姐,依然在重复着那里的生活。早些年,父亲曾经规划着等有钱了要盖新房子,再把家里好好装扮一番,我为此憧憬了很多年。上学时最怕同学来我家,房子太破落,关键屋里没有沙发,没像样的座椅茶具,实在无法体面地招待同学。后来,钱够了,姐姐和哥哥也长大了,等不了多少年就要结婚,那时我还在上学,到处都需要钱,父亲觉得给自己盖好房子也没什么意义,继续在旧房子里又凑合了很多年。他说等孩子都安排妥当了,再盖间简单的房子和母亲度过余生。

在农村,很多人活一辈子都在这种循环里,年轻时被父母操持着结婚,辛苦养孩子,等他们长大,用尽毕生的积蓄让孩子结婚,帮他们带孩子,然后慢慢老去。孩子也会顺着这样的轨迹循环下去。在农村,一个人很难为自己活着,单身汉最受歧视,如果一个女人一直不嫁,言论也会淹死她。

上高中时,父亲忙活着给哥哥盖房子、装修、置办家具,等着结婚用。哥哥的婚事并不顺利,很早就订好的婚事,在临近结婚时,被女方单方面退婚,送聘礼的车在大街上被挡住,不让进门。不知道是对方嫌弃我们家条件一般,还是嫌弃哥哥本分看不到未来的潜力,反正父亲在村里丢尽了脸面。后来哥哥又被各种说媒,很快就结婚了。

姐姐的婚姻也不顺,订婚时看着不错的小伙子,婚后不务正业,经常赌博。后来姐姐就离婚了,然后又结婚。

而我一年年地,居无定所,漂泊在外,所以父亲的烦恼并没有减少。但他终于可以放下生活的重担,压力小了,开始想为自己再折腾一把,一是赚点养老的钱,二是他不甘心就这么老去。

·8·

父亲确实不甘心呀,觉得这辈子活得太窝囊,心里憋着气,特想做成一项事业,好让周围的人看看自己并不差。五十岁后,央视的农业频道的"致富经"成为他的最爱,每天他都看,对里面一些致富的新闻和栏目很感兴趣。遇到感兴趣的项目,他常去实地考察,还会买来很多书学习。后来有了网络,让我去网吧帮着查询各种信息和资料。

那年送我去济南上学之后,他就坐火车去北京考察创业项目去了。在北京考察了一圈,又过了几年,他决定养食用蚂蚱,拿出积蓄在村里买了几亩地种草,盖了塑料大棚,又拉上哥哥,热火朝天地干了起来。在地里种草养蚂蚱,村里人不理解,他却信心满满,觉得这个项目一定能赚钱,市场前景很好,能够在本地打开消费市场。

当时我在北京,做了几个月不成功的电话销售后,误打误撞进入了图书行业,为了生存在工作室编写各种书稿,处于这个行业的最低端和灰色地带,即便这样,我还是很高兴的,从来没想过还可以从事与文字相关的工作,靠文字养活自己。我买了电脑,尝试着写小说,后来在工作之外编了几个书稿,想找机会卖掉,多赚点钱。

我忙着自己的事情,并不清楚父亲那边的具体情况。年底,老板接到出版社一套历史书的编写项目,一本两万字,三千元,比当时薪水高出很多,老板看我不错,就让我写。很快,我积累了一些钱,北漂的底气更足了。

当我把这个消息告诉父亲时,他想让我把手上的钱放回家里。我犹豫了,那时我很想有自己的积蓄,能够独立掌控自己的生活和命运。我记得,在电话里我们都哭了。儿子长大了想挣脱父母的束缚,父亲却不想失去对孩子的掌控和权威。在农村,外出打工的孩子们赚到钱都会寄给家里,等他们回来,这些钱留给他们结婚盖房或者买嫁妆用。我并没有这样的人生规划,我只想自由地追求人生。

许久之后我才知道,那时父亲的蚂蚱养殖不顺利,赔掉了很多钱,所有人开始劝他放弃,他不甘心,还想折腾,可他没钱了,梦想再次挫败。我想,他那时一定需要我那笔钱来继续挺一挺。后来,我还是把自己仅有的一万多元给了他。父亲也开始明白,不能因为自己的折腾而拖累整个家。第二年他赶紧把房子盖了,母亲终于有了新房子住,迟来了半辈子,可她从没抱怨过父亲。

为了能赚到钱,父亲开始到处给人打工,村里工厂的薪水太低,他跟着一些人去外地找活干,北京、重庆、威海、内蒙古,甚至新疆都去过,但年纪大了,只能做一些修路、搞绿化的工作,薪水不高,断断续续地去过很多地方,很不稳定,经常干了不到俩月,钱没拿到就回来了。

父亲依然在看央视的"致富经",不甘心就这么老去,想再做点事情,只是他比之前变得谨慎了很多,想做一些不需要多少成本投入、操作方便的项目。有些项目需要买种苗,他就自己做实验,做了几次也没成功。

他还想做一些新兴产品的乡镇销售代理,我总是担心他遇到骗子和传销,并不是很支持。

今年,他又开始养羊了,买了一些书,做杨树叶饲料的发酵实验,让我在网上帮他买一些添加剂,这样可以节省草料。他规划着,如果饲料成本能够降低,他就扩大规模,在我们家后院多养一些,这样就省得出去打工折腾,能赚点小钱就知足了。

父亲对自己渐渐宽容了,这种宽容也包括对我。这些年,我一个人漂在外边,换过几次工作,当过社科写手、自由职业者、杂志编辑和出版公司编辑。我没赚到大钱,也没有在一个方向上持续积累和突破，再加上性格、年龄和自身条件的局限性，相比这个年龄的其他人，我并不出色。

母亲还会说起那个算命先生："你看你混得不如你华弟。"

父亲说："别瞎说。"

这么多年我一人在外，没结婚，没混出模样，他也没逼我回来。

也许，他想到了年轻时的自己，这辈子总要为自己活一把。

他不想认输，我也是。

逼自己买房的祺伟

· 1 ·

第一次见祺伟时,就觉得他对自己太苛刻了。

去年因为刚合作的关系,他约我出来吃饭。在一家普通的小饭店,点了两个普通的菜,谈了一些不咸不淡的话题。再后来又在一家面馆见过一次,聊完最新的合作,他说起了自己租房的烦恼。

祺伟已经结婚,老婆孩子都在河北,他一个人在北京租房,只在周末两天回家。想着只是个临时睡觉的地方,他不想浪费太多钱,于是在公司附近与朋友合租一间上下铺,每人七百元。条件太差,他一直纠结着是否要搬离。

我当时不是很理解,一般只有刚毕业没钱的学生才去住床铺,他在北京多年不应该这么委屈自己。直到第三次见面,我们聊到买房的话题,我才知道,他之所以这么精打细算,对自己苛刻,不过是因为身上背负着巨大的生活压力。

我说,这次一定我请,却被他挡住说,你来我们公司就是客,下次下次。其实,他是个很注重各方各面的人,他会选择那些看起来环境还行、价格又不太贵的饭店,照顾到别人,又考虑自己的情况。

· 2 ·

聊完合作,我们又开始聊生活、事业和赚钱。

现在的内容创业越来越火,有的日入十万,有的月入二十万,有的年入千万。做公号,网红,超级个体,IP影视,个人品牌,微课,知识付费,斜杠青年……有才又肯拼命的人,变得越来越厉害。

而且一些95后,甚至00后,刚出头就势不可挡。

现在房价越来越高,北京随便一套房子都几百上千万。有房和买房的人资产价值越来越高,没房的对未来越来越焦虑,当然没钱又咬牙买房拼命还房贷的人,同样焦虑着当前的生活,带着希望在"吃土"。

他们都实现了阶层的迅速跨越，而自己与别人的差距越来越大。

我们终究没成为那个优秀的自己，变得越来越普通。

几杯酒下肚，在我们说到房价和生活的焦灼时，祺伟也敞开了心扉，他对我说，在北京很少对别人讲这些，包括他身边的同事。很多时候，你要把最好的一面展现给领导、同事和朋友，而不堪的一面自己去承受就行了。

祺伟过得很辛苦，但并不想让别人知道。

买房后，他整个生活变得身不由己，必须去扛着才行。他很需要目前这份工作，稳定比什么都重要，他不想让领导和同事知道自己的压力。他暂时不想跳槽，或者挑战其他行业，因为那意味着不确定性。

两年前，他结婚了，北京的房子根本买不起，就在老家的县城咬牙买了一套。即便是四线小城，由于靠近北京，房价也不便宜。但他所在行业薪水普遍很低，首付二十五万，他东借西借才凑够了，每月要还几千的房贷，还得还债。后来孩子出生了，妻子没上班在家带孩子。这一切都得靠他这点收入支撑，现在一点都不敢松懈。

祺伟说："挺过这几年就好了。"

最近，他想换个地方租房，原先住的地方很便宜，但环境和条件都太次，最重要的是他不想与别人租一间房了。室友是很好的朋友，但两个人的性格和生活习惯不一样。他想休息的时候，室友还在忙别的，他熬夜做文案到天亮，白天想好好休息时，室友呼朋引伴喝酒，吵吵闹闹的。

他想换个地方住，按照自己的节奏生活。但小区楼房的单间太贵，动辄两三千，他不想花这个钱，隔断房也不想住。有个地方他挺想去的，那是一位朋友在附近租的商用公寓，四千元一月，朋友白天用来办公，说晚上可以租给他住，一月五百元。

房子很不错，宽敞，干净，关键到了晚上偌大的房间只有他一个人，挺安静的。

但没有床，只能睡沙发，等天亮了必须收拾好恢复原样，赶在朋友上班前离开。没有洗衣机，脏衣服要周末拿回家去洗。屋里也不能随便添置生活设施，只能用来睡觉。这听起来更像一个沙发客，完全没有居住的样子。

我说："这样会不会太累，何必这么委屈自己。"

他说："没办法，对我来说，能省一点是一点，反正都是个暂时睡觉的地方。"

· 3 ·

"再不逼自己一把，真的就买不起房了，幸好我已经买了。"

祺伟点了一支烟,很认真地对我说。他带着一种无奈、又似乎是一种幸运的情绪。

所有人都觉得房价不正常,买不起的人都盼望着跌落,但房价依然坚挺,涨了一年又一年,直到你越来越买不起,被已经买房的人甩在后面,不是几条街的差距,而是感觉这辈子都赶不上了。

很多年前,北京房价两万一平的时候,我站在北京唐家岭一栋出租房的楼顶上,远处是山,看不到城市,下面是密集而低矮的房子。我憧憬着未来的生活,对来看我的朋友说:"也许房价有一天会跌吧,如果那时我有钱,一定要买一套,再也不住这里了。"

祺伟和我一样,在那时也没想过要买房,觉得这么贵真买不起呀,更不愿意把自己此后二三十年的生活背上债务。那个时候,媒体经常会报道一些描写房奴的文章,我们自然对买房充满了恐惧。

彼时一些专家说中国房地产泡沫严重,拐点快来了。还说日本在九十年代就经历了房价高涨又暴跌,并从此再也没涨起来的惨剧,很多人穷得只剩下房子了。而中国与日本,有着很多相似的地方。这样的观点听多了,人们就会希望中国房价也有这一天。

最近,豆瓣红人三公子也在文章中写道:

我依然持过去的观点,这只是畸形时代下的产物,它的风险是显而易见的。

但凡有点经济学常识的人都会知道,过去二十年的房地产黄金期是无法在下一个二十年复制的。不信大家可以按照过去的涨幅算算,如果历史重现,北京市区一套普通的住宅是一个亿的价格,试问如此高的价格,真的找得到接盘的人吗?

是的,大家都觉得这样的房价不正常,如果买房的都成亿万富翁了,这听起来很吓人,太虚幻,但大家依然投入很高的热情去买。为什么呢,可能大家都不知道房价下跌的日子是哪天,五年,十年,还是二十年,甚至下辈子?房价一直在涨,晚买一年增加的都是一个巨大的数字。

祺伟笑着说:"所以,等不了了,先买了再说。"

· 4 ·

吃完饭,祺伟送我去车站,闲聊中,他问:"你知道那谁谁吗?"我说:"知道,微博一直关注,他喜欢与各种名人交往,会包装自己,过得很精致,最近开了一家公司,利用手上的资源做事情,混得有模有样的。"

祺伟说:"那是我之前的同事。我们不熟,只是对他印象深刻。记得那时他做营销,就喜欢找各种名人合作,借机混入那个圈子,尽管公司没合适的项目,他也乐此不疲。他做了一段时间的营销,感觉平台带给他的东西有限,认识的人有限,就辞职去了时尚媒体,后来摇身一变,创业了。"

他继续说:"这就是差距!"

我们终究没能活成那个优秀的自己。再不逼自己买房的话,能拥有的东西就更少了,至少买房让自己更拼命去生活。很多时候,你要变得很厉害,要活得有目标,并去努力实现,而不是瞻前顾后,否则只会拉开与别人的距离。

买房后虽然很累,但祺伟有了自己的小目标。他筹划着等手里的钱宽裕了,把自己的那辆车换了,再宽裕些后,如果政策放宽,他想换一套更大的房子。

他说:"逼自己一把,先拥有了再说。"

我点点头。

记得那时你是个很上进的姑娘

晓燕是我的前同事,本来没什么交集了,注定要遗忘江湖的人。但她总是突然哪天出现在我的QQ里,没聊几句,又消失了,再出现已经是一年多后。很多次,我以为她已经去了外国,可她依然在国内。

我几年前对她动过心思,但止于想象。有时会幻想,哪天她会对我有意思。所以,从来没拉黑,也没追求,她不过是躺在QQ里的一个灰色图像,甚至连空间都没有动态,偶尔不咸不淡地聊几句。

她说:"你出书了呀。"

我回:"你还记得我呀。没出,在帮别人出。"

"当然,记得哈。哈哈。"

"你在哪个国家。"

"中国呀,还在北京。"

"我记得几年前,你说要努力赚钱,学习英语,然后去国外留学和生活。"

她叹气说:"没赚够出国的钱,英语也没学成,想认真的时候却偷懒了。浪费了很多时间。"

"那你还想出国吗?"

她说:"还是不甘心呀,再不出国可能就没机会了,再拼一把吧。"

然后,她又消失了。

几年前我去一家新成立的公司上班,晓燕是第一个员工。当时公司什么都没有,最初有七八个领导,只有我们两个是被管理的。她是美编,我是编辑,她时不时抬头和我说话,QQ里吐槽公司的各种事情。

她之前在一家时尚杂志实习,没能转正,就来到了这里。但那也成为她重要的谈资,说时尚杂志多么的好,环境多么的棒,里面的姑娘多么的漂亮会打扮。我只关心,里面的男编辑一月能赚多少钱。

我比较内向,都是她主动说话。我那时总是自作多情,但好像她也只是说话。

老板不在的时候,她喜欢塞着耳机,抱怨公司太没激情,领导们缺点一大堆。在这样无聊的日子里,我成了她聊天的对象，可她总爱问一些，诸如这个字怎么读，左小祖咒是谁，罗永浩是谁，那个作家是谁，如何出书，蓝海战略什么意思等等，只要她遇到的，就爱问一下，我似乎成了她的"百科"。而我不知道的，要百度了再告诉她。

面对90后美女的问题，我有问必答，并产生一点存在感。不过，有时我会想，"你一个本科生怎么什么都不知道，这学是怎么上的？"有人把女生分为两种，一种是聪明的，知道应该知道的，一种是懒的，能知道的也不知道。我觉得她很懒，连"百度一下"的力气都没有，而她的"无知"也给了一个男人显摆的机会。

另一方面，她又表现得很上进的样子，想出国，想办杂志，想知道更多的知识，目标感很强，有自己所追求的生活。她说，毕业后才发现知识的重要性，并后悔当初没学会英语。那段时间，她时常把学习英语挂在嘴边，买了一些英语资料在上班间隙看。

她说："我要变得优秀才行，目标是进入外企，更远的目标是出国，而熟练掌握外语是必须的。"当然，她想学的还有很多，比如会计呀、法律呀。她觉得这个世界变化太快了，不学习就会被超越，因此很焦虑。

我说："如果你当初在大学期间学好英语，就不必这么辛苦了。"

她说:"大学里没认真学,都已经浪费了,但现在还可以学,不晚。"

她又问我,你可以专升本,然后再考研……这样才更有机会呀。她还说,凭借你的才华,你完全可以做更有意义的事情,难道你要永远困在这里吗?在她的眼里,这是一个半死不活的公司,从领导到员工,有太多人是混日子型的。这不是她想要的生活,她早晚要离开这里,寻找更好的平台。

她说:"你应该有个人生规划,不然浪费时间。"

她说:"你要去做有价值的事情,要有格局。"

有时她也问:"你怎么不找个女朋友?"

我巴拉巴拉地说了一堆自卑的理由,从没追过谁。

她就说:"那你就努力去追一个呀!"

我问:"你怎么不找男朋友。"

她说:"还没看得上的人,想找一个特别厉害的,最好在外企,英语特别棒的。"

每当这个时候,我就沉默了,小小的优越感荡然无存,更把小心思埋在心底。我又开始羡慕起她,觉得她以后会成为一个很厉害的人,活得很漂亮,然后找个外国男朋友,去国外生活。

后来我辞职了,就像她说的那样,不在这里耗着。偶尔，我们会在QQ里聊天，听她抱怨公司的种种，她已经对公司不抱希望了，学不到任何东西，但说自己太喜欢拖延，这个想走的事情花了她三个月才下定决心。

我说那就辞职吧，努力去做，总会实现的。我们互相打气，我说会把她写到我的书里，一个为梦想执着奋斗的女孩。她就笑。

半年后，她也辞职了，想着她应该去外企了吧，她说没有，去了另外一家公司做排版和设计，一脸无奈，外企真的没那么好进，找来找去，自己的经验只能进这类公司，但好在有很多时间可以支配，她想好好学习英语，筹划着出国的梦想。

我就劝她去广告公司，做更有创意、挑战的事情。

她说："自己好像一直没什么创意。"一副苦恼的表情。

又过一年，她见我出书了，让我送她本，还说自己也想出书。

我说："你快出国了吧。"

她说："没呢，想学雅思，还没开始学。也想去英孚学，但太贵了。"

我说："你之前不是要自学英语吗。"

她说："没自控力哈。都说学英语两年了，实际上没什么行动，想等工作不忙了再好好学。"

她之前花了几千块学了UI设计，去了互联网公司做手机应用的开发设计工作，收入不算低，也不算高。

她说自己已经迷失了，有目标，但执行起来，却不尽人意。

她在日记里写道：

希望自己的心不要像其他人那样浮躁、那样不安，但似乎不容易做到，为什么不能像优秀的人一样坚定地朝着既定的方向努力奔跑？除了回家，我无处可去，仍然活在两点一线的生活规律里，用力敲打，却不见任何缝隙，透不出一丝的微光。

我问："那你还出国吗？"她说："想呀，就是不知道什么时候能够实现。"

她问我："你找到女朋友了吗。"

我笑笑："还没有。总觉得会有一个姑娘来到我的生活里，却一直平静如水。"

她说："因为你从来没主动去追，当然没有爱情。"然后我们哈哈大笑。

晓燕再次出现，已经是文章开头的那段对话时。一年过去了，不知道她是否还在为当年的目标继续尝试，还是再次因为懒惰被搁置。她只是大半个中国无数为梦想拼命的青年中的一个,在北京艰辛地活着,想让自己变得优秀,实现梦想,执行起来却不尽人意。

我们都说要活成理想的自己,却一直平平无奇。

就像我那时规划想读很多书,学很多才艺和技能,都没能做好。

就像我那时规划写一本小说,出一本拿得出手的书,始终没完成。

就像我那时说,要找个女朋友,还是迎来了又一个双十一。

幸好,还没彻底放弃。

不吃麦当劳的少年

· 1 ·

他二十多岁前没去过麦当劳和肯德基。

第一次去,带着好奇和忐忑体验了一把,没感觉好吃。

在他小的时候,不知道麦当劳、肯德基是什么,连吃根油条、喝碗胡辣汤,都是件奢侈的事情,只有去镇里赶集的时候才有快餐吃,烧饼、水煎包、面泡、蒸包子,都是他的最爱。对他来说,那不是生活方式,而是额外的享受。有一次在镇上跟着父亲喝了一碗羊肉汤,浓浓的味道在他胃里翻滚了一下午,一辈子都没忘记。

记忆里的小时候,吃的总是咸菜和玉米糊,早晨母亲偶尔会炒个自家种的菜，夏天是豆角、黄瓜、茄子、青椒和西红柿，冬天是白菜、萝卜和冬瓜。中午经常吃母亲做的手擀面，晚上会重复早上的，或者把中午的面条凉拌一下。哥哥吃完一大碗，就出去玩去了。

那个时候，他最厌恶的食物就是手擀面，还是白菜味的那种。

他经常对母亲嚷着说，我要吃挂面，西红柿炒鸡蛋味的。

母亲不理他，继续做她的手擀面。

不想吃饭的时候，他就在锅灶里烧馒头吃。有时候，他会跑到奶奶那里，看有没有好吃的。由于爷爷是机关老干部，每个月有几百的退休金，生活条件好点，但他最爱吃的还是奶奶煮的方便面。

母亲说，有什么好吃的，咸汤挂面，连菜叶都没有。那时的方便面，五毛钱一袋，只有一个调料包。可他却十分迷恋，觉得那是最奢侈的食物。小学去乡里会考时，同学们带的午饭就是一袋方便面，撒上调料，捏碎了干着吃。以至于后来，只要家里没人做饭，他就会把煮方便面当成一件重要的事情去做，放各种东西，尽量让它显得奢侈一些。

现在，母亲已经不做手擀面了，他开始怀念那种味道。

现在,他觉得方便面一点都不好吃了,特别是煮的。

·2·

在县城读初中时,街头出现了一家网吧,却没有肯德基。

他在小说、杂志里读到肯德基和麦当劳,他没见过,只知道那是外国人爱吃的。他以为肯德基就是卖烤鸡的,麦当劳就是卖面包的。当然,这些都离他的生活很远,班里的孩子们没几个吃过,所以很少有人谈论。

离开家,发现城里遍地小吃,早晨的时候,每个街头都有水煎包和胡辣汤的小吃摊。在家时,额外的生活享受掌控在父母的手中,吃个烧饼,都要嚷个半天才能如愿。出来了,终于有了一点可支配的小钱。只要周末不回家,他总想跑到街上喝碗胡辣汤。现在,下了火车他就寻找胡辣汤摊点,喝上一碗感觉很舒坦。

当然,学校在郊外,他没太多时间去城区。于是,校门外那家小饭店,成为了学生们的圣地。其实饭店没什么可吃的,平常就是做点面条,里面放点青菜、豆芽或者豆腐之类的,或者就是水饺。那时很便宜,素面条才一元一碗。于是，每到周末，小小的饭店里就挤满了学生，一人一碗面，哧溜哧溜地，VCD里播放着"古惑仔"，人声嘈杂。

学校对此很有意见，后来大门就封闭了，住校生平常不得外出。

小饭店的生意一落千丈。学校几个保安经常找老板一起喝酒，当然他要准备酒菜。老板娘说，你傻呀。还是老板娘聪明，饭店不行了，她就推着小车隔着校门卖油炸烧饼，里面会放一些炒土豆丝、海带或豆皮，一块钱一个，很快在学校流行起来，晚上不吃饭的时候，学生们就隔着大门买上一个。后来，来了一个漂亮的姐姐卖火烧，一层一层的，五毛钱两个，很实惠，有时早晨不吃饭，他就偷偷跑到外边买两个火烧吃。老师在上面讲课，他躲在课桌下吃火烧，吃完了整个人就精神起来。

去年他去参加同学聚会，那种油炸烧饼已经找不到了，火烧街边还有，就是找不到那种味道了。他想去学校对面看看，看看那家饭店还在吗，老板的儿子有没有长大，他们是否还在做着面条。

但一切物是人非。可能他们儿子长大了，去了远方。

· 3 ·

高中时,县城刮来了一场时尚风,出现了一些品牌店、酒吧、咖啡厅等"高档"的地方,商业步行街也建起来了。有一天,班里几个"顽主"从咖啡厅跑回来说,妈呀,真贵,一杯凉白开都要五块,太不值了,于是狼狈而归。

再后来,商业街出现了几家山寨版的麦当劳和肯德基,迅速成为班里时髦人士、顽主、小太妹的新去处,他们不再大叫,不再狼狈,而是装成很自然的样子。那种生活方式,成为他们"身份"的一种象征。

大部分学生是没去过的,他们觉得那种生活不属于自己,离自己太遥远了,甚至觉得,好孩子都不会去的。但他开始幻想麦当劳和肯德基,真的很好吃吗?那是什么样一种味道?可他不敢去。

· 4 ·

有一年,他跑到一座陌生的江南城市,在一家龙虾店打工。每月只有六百五十元,没有双休,没有加班费,越是节假日越忙碌。每天跑上跑下的,老板的女儿喜欢跷着腿在吧台看电视，他总是忍不住看她几眼。中午的饭很难吃，因为厨师觉得他没义务给大家做饭吃，就随便糊弄了事。

中午会休息几个小时，他就在偌大的城市里漫无目的地游荡。穿过小巷，看古色古香的房子，看石桥下小的小河。但他更愿意去的地方，还是人流拥挤的商业街，他曾在济南待过一段时间，却未对那个城市有任何的印象。

那时，他对高楼有一种崇拜感。这些都代表了他对现代化的幻想，他终于可以在电影、课本之外感受大城市的面貌。这里有很多肯德基和麦当劳，每次经过的时候，他都会在外边看一看，充满了神往。有个同事说，她去消费了一次，一百多。她说得很自然，他还是没去。可能他觉得，那是另一个世界的生活。

某天休息，他早上坐火车去了上海，直接去了外滩。在中学的课本上，他看到一张俯瞰黄浦江的图片，在北方的小城里，幻想着遥远的城市生活。他在外滩来回走了很久，看对岸的高楼，听江上的鸣笛，想未来的生活。下午他又坐火车回去了，甚至没有走一趟南京路，短短几个小时，总算见了梦中的城市。

他开始在网上写东西，有个北京女孩叫圆圆，是个文艺青年，在外企上班。每篇文章她都会评论，说他写得很好，很有才华。他经常去看她的相册，因为那里记录了她丰富多姿的生活，都是他未曾经历过的。

有一天，他说，你经常去肯德基吗？

女孩说，KFC？

是的。他百度了一下，确定是肯德基的英文名，只是奇怪，她为何重复英文。

你难道没有去过吗？她发来一个惊奇的表情。

没有，从没去过，不敢去。

不会吧，KFC都没去过。

嗯。

女孩发来一个无语的表情。

从此，博客里便很少见到她的痕迹了。

也许她觉得，那是一个正常人都该有的生活方式，他却从没有过。

· 5 ·

后来，他去了北京，这里有更多的肯德基和麦当劳，可他依然没有进去过，为了生存忙忙碌碌，尽管他已经有钱去消费了。每天傍晚坐车回家，他看着车窗外高楼林立的街道、霓虹、酒吧、咖啡厅、麦当劳……他与这座城市近在咫尺，却总是游离在城市之外。

第一次吃麦当劳是朋友请客，点了一包薯条、一个汉堡和一杯可乐。他一边和朋友聊天，一边小心翼翼地学着朋友的样子吃薯条，装作很自然的样子。却发现，那里并不安静，他们需要大声说话，他对那个汉堡很失望，就是两片面包夹了个鸡排，根本就不是自己想象中的样子，有点难吃。

第一次自己去肯德基，是在他二十多岁的时候。他不知道肯德基和麦当劳有什么区别。也不知道该怎么点餐，在出租屋里纠结了半天，终于下楼推开一家肯德基的门，他有点忐忑，四处张望，却没人注意他的存在，人们说说笑笑，吃着嘴里的东西。

他站在那里，有点茫然，那么多东西，都叫什么名字、如何购买。他又退后几步，看着别人如何进行。过了一会儿，服务员问，先生你要点什么？他走上前去，看着上面花花绿绿的菜单发呆。"我点……"他指着上面一个套餐说。他点的是两对鸡翅、麦辣鸡腿堡和冰拿铁。这次他觉得比上次好吃了些。

后来，他还去麦当劳约见一个姑娘。他假装熟练地点餐、买单，然后他们喝着饮料聊事情，最后，他请她看了一场电影。那是他第一次进影院，视听效果带给了他从未有过的震撼。自那以后,他常常一个人去看电影。

·6·

他依然还是自卑,不过在试图走出那个禁锢的世界。辞职后,一个人去了远方,在很多地方走了一圈。他还想去吃西餐、料理,各种各样的没尝试过的事情……

曾经他聊了一个姑娘,她说长这么大还没看过演唱会,好想去看呀。他在微信里说,我也没有看过,那我陪你去看。他们还设想了很多的美好事情,比如傍晚去后海的酒吧坐一坐,听一首首的民谣;在舞厅里跳舞,喝醉一次,在午夜的街头游荡;去十渡漂流,疾速而下,在水中打闹;去游乐场,挑战各种刺激的项目;去大理,丽江,香格里拉,稻城,东极岛,还有辽阔的草原,最远的漠河。

后来,他们见面了,去了后海的酒吧,坐了过山车,看了画展,拉了拉手。他向往的一切,很多并没有出现,包括去颐和园划船,然后就结束了,她消失在他的世界里,像陌生人一样。他知道,自己还不是别人心中的样子,不够光亮、精致、体面。

她曾说,我学艺术的,一点都不朴素,怕会伤害你。

他当时说，没事，不怕。

那时，他鼓起勇气去实现一些事情，包括去见一个人，谈一场恋爱。尽管现实有太多的失落和忧伤，他的世界却一点点地被打开，想去实现更多的事情。

他感谢生命中，每个给他勇气的人，即便转瞬即逝。

后来，他坐高铁再次去了一趟上海，相比十年前，这次有了不一样的期待和遇见。在南京路，他走了很久，看到了夜晚的外滩，他向对岸望去，已经找不到当年的惊叹，他说，东方明珠怎么不那么高了。

那天，幻想了无数次后，他做了他想做的事。灯光幽暗，他笨拙得像个孩子。

早上下起了雨，淅淅沥沥一直没停。无法下去尝尝上海当地的早餐，他打开手机，点了两份肯德基外卖。

下午雨才停了，他原本计划要去很多地方，感受不一样的时光，却又在匆匆的平淡中，有点孤单地想离开。在候车厅，他吃了一碗三十五元的加州李先生牛肉面，然后坐上了北上的火车。

他不知道能否再来上海，很想让别人看到他的光亮，经历很多的浪漫。

无论怎样，他知道，自己要去打开更多的世界，勇敢地走进去，不再慌张。

◎ 你25岁后已渐渐老去

任正非说:"30多岁年轻力壮不努力,光想躺在床上数钱,可能吗?"

很多人在25岁后开始渐渐老去,30多岁时发现该"退休"了。

· 1 ·

早上上班的时候,一个胖胖的人事走过来,对他说:"过会儿有事和你说。"

大刘今年27岁,但他还是习惯自称小刘。在半个月前,他来到了这家活动策划公司,职位是文案和策划。薪水每月6000元,相比过去确实高点,他很满意,觉得要开启新生活了。可他从来没做过这份工作,心里不安。

面试的时候,王经理问:"你为什么要转行?"

他说:"想突破自己。"

王经理说:"可你今年快30岁了,这块你完全是新人,缺乏从业经验,你有什么优势?"他只能说:"我对这块特别感兴趣,这些年一直在写各种东西,做过内容的策划。"

王经理半信半疑,还是给了大刘机会。经理觉得,一个做文字工作这么多年的人,应该能胜任这份工作。他当年也是这么转行的,然后自己创业,有了今天的成绩。

· 2 ·

大刘之所以离职,是在那家不入流的杂志看不到未来,每天都在重复前一日。一个山寨记者,每天写着一些山寨文章。他写过很多名人、企业的报道,但从来都没见过他们,只是通过各种材料,反复咀嚼加工,写成版面上的各种文章。

这也是一门技术活,但正规的媒体都会鄙视之。

这些年大刘过得马马虎虎,毕业后,条件一般的他,换过很多工作,没有在职场积累光鲜的履历和工作经验。25岁的时候,误打误撞来到这家杂志成为写稿编辑,偶尔跟着领导做点采访。转眼又两年过去了,他依旧不专业,不出色,想在媒体行业往上走,自己显得太"low"了。

每天他都很焦虑。

于是他想换个行业,或许能突破目前的瓶颈和尴尬。他并没有明确的方向,想了想觉得文案或者策划类工作应该可以。说实话,他对这项工作不了解,也没做多少准备,盲目地找了很多这类公司,不少面试后就没了结果。有几个通过的,不是做了两天发现不合适,就是自己不喜欢。

目前这份工作,他觉得还不错,想做下去。信心很足,现实却一头雾水,无法熟练进入工作状态。他不知道怎么写出一个出色的策划案,连PPT都不会做,表达能力也欠缺,吃力地做着王经理交代的任务。

王经理不满意,一直让他修改。

公司的同事都比他年轻,看着他们在会上侃侃而谈,他很羡慕。同事们能够在自己的职位上独当一面,有自己的想法,并能够执行到位。而他却像个初学者一样,内心忐忑,茫然,怕出丑。

公司的人一起出去谈业务时,他在老板的车里看着大家有说有笑,自己却很难插话,像个实习生一样自卑。他还没有经历丰富的人生和职场历练,就感觉已经老去了,他的年龄与他的状态格格不入。

· 3 ·

他打开电脑，继续做PPT，不知道人事要和他说什么。这份PPT做了很久，老板还带着他见了很多客户。一开始，王经理夸他审美还不错。可他技能生疏，总是做不到位，发给王经理看，得到的回复是"你再改"，就是不说怎么改。

他真后悔自己没学好PPT，之前的公司用不着，没去学，荒废了很多时光。

手机振动了一下，人事说："我有件事要和你说，你做好心理准备。"

他说："好的。"心里好紧张。

"经理认为你不适合这份工作，今天你可以回去了。"

这是他第一次被辞退，如此的突然，在没有任何准备的情况下，他想逃走。他关上电脑，拿上包，悄悄地离开，就像平常下班一样。走到门口的时候，有同事在那里吸烟，这是他刚刚混熟的同事。

同事问，你去哪里。他就说了实话。

知道情况后,同事安慰说:"没事的,还可以再找别的公司,加油。"

走出那栋楼,他整个身体很空很轻,步伐却很重。街道上,陌生的行人从他身旁经过,他停在路口,不知道是坐地铁回去,还是找个地方逛逛。

· 4 ·

王经理对人事胖姑娘说:"我本来想给他一次机会的,看来真的不行。他都27岁了,年龄不小了,我不能把他当新人来培养。如果在这个年龄不够出色和拼命,基本上没救了。我不想要这样的员工,因为无法创造价值!"

王经理想到了八年前的自己,那时他也27岁,在政府机关写稿三年,日子过得安稳又乏味。他想换种活法,毅然离开后来到了北京。可除了会写公文,写官方新闻稿,给领导写发言稿,他会的东西不多。那点工作经历和政府背景,在北京这种地方一文不值。

王经理找了很多工作,杂志编辑,文案,品牌策划,都没有结果。

有的说:"你没有从业经验,没有职场履历,文章风格也不适合我们。"

有的说:"你都27岁了,年龄有点大,怕你受不了我们工作的节奏和氛围。我们需要年轻有朝气的人,能折腾,思维活跃,观念新。感觉你不合适。"

他有点气馁,有些盲目,但又不肯放弃。他暂停了找工作,重新思考自己,然后买了很多文案和策划类的书,在地下室里看,还报了一些课程,自学了PPT和平面设计,在网上不断向别人讨教。

他研究网上一些招聘信息的要求,了解这个行业,对这些工作需要的技能和条件,努力去掌握和完善。并把自己的优势尽量突出出来,有针对性地去面试,还把一些公司的情况了解清楚,做好了充足的准备。

几个月后,他终于找到了一份策划类的工作。一开始,大家都担心他年龄偏大,思维会僵化。但他的状态却很好,像新人一样投入工作,从适应工作,到得心应手,再到表现出色,只用了半年时间。

后来的几年,他又跳了几次槽,在业内有了名气。等积累了一定的资源之后,他选择了创业。他的人生总是在一步步的转型中获得成功,他始终觉得,只要决心改变,并付出努力,结果都不会太差。

· 5 ·

而大刘并没有扭转自己尴尬的状态。

在那之后,大刘又找了份不痛不痒的工作,做了两年多,终于30岁了。越来越多更年轻的人来到职场,自己一次次地被超越,部门的领导都变成了90后,他依然在原来的位置上。兜兜转转,每天都焦虑,看不到明天。

他想再换份工作,尝试新媒体,于是翻看一些招聘信息,很多公司对普通岗位有年龄要求,而那些更高层级的经理、主管等职位,所需要的能力,完全是他无法企及的,创业更是做不到。

他想起了21岁时的同事老李,那年老李28岁,之前在北京一所民办学校做语文老师,后来学校倒闭了,就来到那里上班。那时,大刘觉得他好老,不明白老李为何来这里上班,还拿着和他们一样的薪水。

老李总是抱怨老板,抱怨工作。他想,你为何不辞职呀?

老李总是说,市区的这类工作我之前同事能拿两三千呢。他想,你为何不去呀?

老李渴望爱情,对公司几个小姑娘很热心,可没姑娘看上他,他太老,又穷。

那时,大刘就想,将来一定不要活成老李。

后来,老李离开了北京,听说结婚了,找了个不满意的女人,过着庸俗的生活。

没想到很多年后,他活成了老李的样子。

第四章

你敏感自卑，
在意周遭的目光

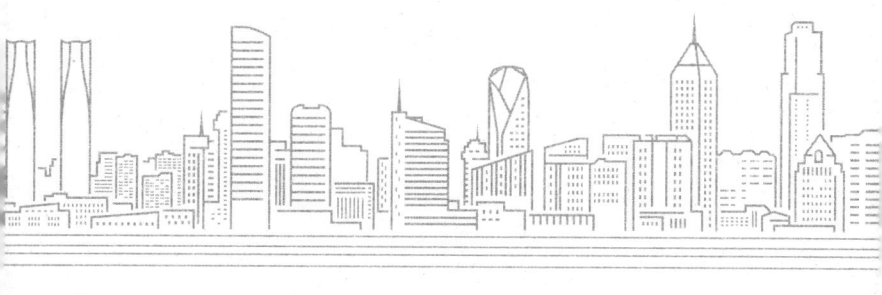

④

过年不想回家的年轻人

· 1 ·

本来,他今年不想回去的,为这事纠结了一个月。

不回家的理由很多,比如说,他现在的状态不够好,有点尴尬。处在这个年龄阶段,依然没对象,事业也在迷茫期。一年又一年,始终无法以一种体面的方式面对众人。过年回家是要展示给别人看的,谁都希望自己过得体面一些。

他怕被逼婚,被动地去相亲。

年味也越来越淡,找不到小时候过年的那份喜悦感了,七八岁的时候盼望过年,长大了开始害怕过年。现在过年仿佛只剩下仪式感和套路,大家只是为了过年而过年，而剩下的就是各种吃吃喝喝，说一些客套话。作为一个成年人，为了各自的面子进行炫耀和表演，攀比着婚姻、孩子和收入。

在家里，属于他的空间少了。他还像孩子一样住在父母的家里，而这个家被新生的孩子占据着，所有的人都围绕着他们，他看不了自己想看的电视，总是被打扰。他并不喜欢和小孩互动，有时甚至觉得他们太熊孩子了。

他不爱出门，没有可聊得来的同龄人，对村里的人也越来越陌生。

车票也难买，开票几分钟就没了。想回去，站票要七八个小时。

可他又觉得应该回去的，站票早就买好了。他没有不回去的理由呀，没谁要求他加班留岗，也没有特别重要的事情做。一个人没什么事，也没伴儿，不去外地旅行，却要在大城市过一个冷清的新年。很难有人能够理解这么幼稚的想法。

在这样的纠结中，时间一天天过去了。他一方面为回家做着准备，去商场买件像样的衣服，采购回家要带的东西。一方面又准备说辞，想打电话对爸妈说春节不回去了，等年后再回去，他还在想一个合适的理由。

·2·

他迟迟还没打电话，一会自语，还是回去吧，每过一个新年，意味着有限的生命又少了一年，包括对父母的陪伴。一会自语，还是不回去吧，等来年状态好些再回去，到时一定要找到对象，好好规划自己的事业（尽管，每年都这么说）。

一番纠结后，他决定就在这天给家里打电话，看看父母的态度。磨磨蹭蹭，到了晚上九点，他拿起手机正要拨号，又想二老已经睡了吧，还是明天晚上再打好了。打开手机软件，依然没有一张坐票。

翌日早晨还没起床，他就接到母亲打来的手机。母亲略带哽咽地说："你怎么这么久没给家里打个电话！我问你父亲，他说打过了，就知道他骗我。你一个人在外住，没个家也没个照应，要经常往家打个电话呀。"

那刻，他开始愧疚和自责起来。

知道儿子现在好好的，母亲放心了，恢复了平静，然后问他过年回去吗？他纠结了一下说："回去。"又说："只买到了站票，昨天本来要打电话的，想和你们说等过完春节再回去的，那还是回去吧。"母亲就说："最好还是回来，你一个人在外边怎么能过年。"

到了第三天,母亲又打来电话,说:"我和你父亲商量了一下,来回坐车比较累,比较折腾,等过完年再回来也行,多打几个电话就行。"但那时他已经决定回家,在电话里对母亲说:"我回去!"

·3·

他想起早些年往家打电话的一幕,当时他买了第一部手机,想起已经很久没和家里联系了。出来时母亲一再叮嘱,要常给家里打个电话。父亲说,没事打什么电话,偶尔打次就可以了。而母亲则在背后唠叨父亲,继续她的话。

手机拨过去,一秒又一秒地响着,他以为父亲很忙,便没接电话(那时家里只有父亲有手机)。许久,电话才通了,竟是母亲的声音,想必刚才她正在厨房做饭,听到电话后便匆匆跑过来接了父亲的手机。

"喂……"电话那头传来母亲的声音,当她知道是小儿子时,似乎不敢相信,声音变得哽咽起来,那刻他的眼睛酸酸的。

每次往家里打电话都是父亲接的,自从家里的座机坏了后,他只能打到父亲的手机上。所以都是父亲和他说话，母亲则在旁边附和，还提醒父亲问儿子的在北京怎么样，注意安全之类。

也许她怕浪费儿子的话费，把所有的时间都让给了父亲。

停顿了一下，她问儿子为何这么久才打电话。他说刚刚买的手机，长途太贵，没舍得打（那时他真的很穷，每月只有1200元的收入，在北京勉强生存着）。母亲有种要哭的感觉，她说："你可以告诉我们号码，让我们打给你呀！你没个消息，我们担心，出个意外怎么办，找都找不到你。"

他一时不知道该说什么，刚刚长大的青年习惯了所谓的叛逆，想逃离父母的身边，埋怨他们种种的约束、批评和迂腐，到一个他们鞭长莫及的地方，过自己想要的生活。但真的有一天离开了他们，独自在外的时候，才明白父母是那么的惦记自己。

母亲说，家里的麦子已经收完，只是还在路面上晒着，父亲一个人在大路上照看，所以没在家。母亲担心父亲，每次父亲出远门她都担心，记得一次过年时，父亲到别人家打牌，玩到很晚还没回家，也没往家里打电话，那个时候父亲还没有手机，于是母亲就满大街地找父亲。过了很长时间父亲才回到家，母亲还是哭了，她说至少也应该往家里打个电话啊,不知道家里很担心你吗!

他明白了母亲为何计较自己这么久不打电话,是因为她担心,牵挂一家人,看不到她就心慌。在一个农村普通母亲的世界里,家人和孩子是她的全部,可能她没有太多的理想和追求,层次没鸡汤作者高,但他们往往有着最朴素的情感。

·4·

回乡的那天,他早早去西站取出了票,等了五个小时才坐上凌晨三点的火车。没有座,在火车过道的拐角处放了个马扎蹲了一夜。旁边挤满了民工和学生,他们也没买到坐票,但他们都急着往家赶,打包小包的,不嫌累。每年一次,几亿人的大迁徙持续进行着,忍受着全年当中最糟糕的旅途体验。

火车上,他刷手机,看到蒋方舟一篇文章写道:

我在北京租了房子,就想让父母来北京过年,我自顾地想,一切都以不折腾为原则,仪式感的东西越少越好。我一心想着自己方便,自以为摈弃了繁文缛节的聪明,直到与爸爸聊天,他顾左右而言他了半天,才带着商量的语气问道:"我们还是回家过年好不好?"直到这时,我才发现，自己一直刻意忽略了他的失落。

看到蒋方舟这句话时，他当时眼睛是湿润的。当我们觉得过年只剩下仪式和套路的时候，对父母来说，能够在过年的时候和孩子团聚，是他们这一年最重要的时刻，即便子女可能过年的几天里几乎不着家，在各种聚会中穿梭，他们也觉得安心，因为能天天看到子女。

很多人在回家前，想了一堆应对父母逼婚、各种亲戚盘问的攻略。但真正回到了家里，才知道那些想法都不合时宜，你依然会融入这种套路和仪式中，参与感是一种对亲情的尊重，说明你还食人间烟火。

· 5 ·

除夕那天，他和母亲一块包饺子，说着在外边的生活。偶然提到前些日子，他在公园锻炼身体，想模仿小时候的一个动作，一脚踏空，然后四脚朝天，身体重重地砸在石板地上，手机摔碎了，他也躺在那里痛得很久站不起来。连续肉疼了几天，直到现在还有点疼。

母亲说："你看，我们才担心你。万一有点事，都没个人在身边照应。"

在外边,你是一个没有归宿的过客,戴着面具和伪装,以及忍受着各种的人情冷暖和被嫌弃被挑剔。在家人面前,你可以放下那些,舒坦地回到本真。无论你的人生在什么样的境遇里,父母可能会说你,批评你,唠叨你,但不会嫌弃你,总想让你变得更好。

回家的路,不累,因为有人在等你。

父亲的行李包

儿子和父亲都在北京打工。

一个在写字楼,有着舒适的环境,却拿着微薄的薪水。一个干着苦力,拿着比儿子高点的工资。只是,儿子很少说自己真正的收入,每次问起的时候,就说,还行,四五千呢,实际上每月只有三千元,为了体面点,给自个儿涨了点薪水。

北方的麦子要熟了,小时候每到这个季节,一家老少就会在打麦场上忙活半个月。如今,除了母亲和奶奶,家里已经没什么人了,哥哥在北京挖地铁,薪水七八千,不舍得回来,父亲在北京搞绿化,小儿子在北京追求他所谓的梦想,公司不放假。

于是,父亲决定回家收麦,他说,家里不能没人干农活。他的工作没了,下次还可以再找。对农民工而言,所谓的工作都是临时的，没社保，没劳动合同，哪里有钱赚，就往哪里去。

北漂的儿子虽然工作在高楼，有电脑，有空调，但又何尝不是一个苦逼的青年。学历一般，没经验，没特长，在这个城市就是一个虾米，渺小、脆弱，一年内换了四次工作，不是自己不满意，就是被别人嫌弃。但他始终不愿离开北京，像哥哥那样去干高工资的苦力。他觉得，那不是他想要的生活。

父亲决定回家之前来看看儿子。虽然父亲、哥哥和他都在一座城市里，却没机会见上几次。父亲从房山坐公交车用两个小时到了西站，他从望京坐地铁去接父亲。远远地，他看到父亲灰尘扑扑的样子，黝黑的皮肤，洗得泛白的旧夹克，手里提着一个紫色的90年代款式的行李包，同样破旧而泛白。

那个行李包他很熟悉，在他还是孩子的时候，这包就放在他们家的衣柜上。那是在城里的大伯送给他们的。那时，大伯还在机关上班，娶了城里的老婆，经常会把家里不穿的衣服、鞋子等送给老家的亲戚，虽然是旧的，他却穿着在小伙伴面前炫耀。

那时，伙伴们还没穿过城里人的旅游鞋，没用过城里人的行李包。

鞋子是妈妈做的,书包也是妈妈缝的。

转眼许多年过去了,农村人早已不稀罕县城的东西了,更别说他们用过的东西。年轻人都背上了时尚的行李包去城里上中学。但大伯留下的那个行李包,父亲还继续用着,出门在外,父亲都用它来装东西,不愿买新的。他说,总比背个编织袋像样子,没见过哪个农民工背个漂亮干净的行李包走南闯北的,又不是你们年轻人。

但此刻,在儿子眼中,这包却与周围的世界格格不入。他很想买个新的行李包给父亲换上,好能体面地走过大街、穿行地铁,不必考虑别人的目光。他知道,是自己太矫情了,他已经长大了,他必须尊重并接受这一切的存在,不能逃避。

他走过去,要接父亲的包:"我来吧。"

父亲不让,说脏,你背着也不好看,我自己就行。

但儿子还是坚持帮父亲拿,他知道这是作为儿子必须做的,尽管难为情,想躲避着周围人的目光。他装作一副自然平静的样子,拿着那与自己格格不入的包,走在大街上。两个不搭调的父子和他手里不搭调的行李包,偶尔会引来路人的目光,他尽量不去看他们。

儿子想,应该找个地方请父亲吃顿饭。路过西站一条小吃街,他拉父亲去吃饭,父亲说还不饿,火车站的东西贵。但儿子还是执意去，就像要完成某种仪式，这已经不是贵不贵的问题。

父亲争不过儿子，只好跟着去。

儿子说，去这家吧。父亲说，环境太好，恐怕太贵。

儿子又走向另一家，里面有空调，父亲摇摇头。

路过一家面馆，儿子说，要不这家吧，父亲还有点犹豫，但还是跟着儿子进去了。在农民眼中，面条是最实惠的食物了，但拿到菜单的时候，最便宜的面也得二十元，儿子点了两份凉面，父亲却突然要拉着儿子离开。

"太贵了，哪有这么贵的面。咱们换家。"

老板看着他们，儿子十分难为情，这么走开他觉得很没面子。

儿子说："北京都是这个价格，换一家也一样。"他不让父亲离开。

"你才挣几个钱，这不浪费钱嘛。"父亲有点激动。

老板看着他们，笑着。

父亲说完，突然意识到什么。态度软下来说："好吧。"

老板问："还点菜和饮料吗？"

儿子拿菜单要点，父亲按住说，吃面就行了。

说实话，面真的不好吃，太咸了，又没有水。但钱已经花了，两个人都默默吃完。

吃饭的时候，父亲看着儿子的衣服说："你这件衣服不好看，既然在写字楼上班，应该穿得像样一点，就像他们那样。"父亲把目光投向旁边吃饭的年轻人，儿子点点头，心里觉得父亲多虑了。

吃完饭，他们继续往军事博物馆地铁站走去，父亲要自己提包，儿子不让。

进入地铁，儿子把包放在靠门的地方，旁边站满了衣着时尚的男女，他们看了眼那破旧的包，继续玩手机。在儿子内心深处，他不希望别人认为这是他的包，但现实中他必须与这行李包保持亲密的状态。

从三元桥地铁站出来，他们又坐公交车去顺义。行李包放在后排的空台上，前面坐着两个年轻的姑娘。行驶中，行李包滑落，开始滴水，原来，包里放着父亲的水杯。女孩表情不悦，瞪了他们一眼。

儿子说了声对不起，父亲则赶紧把包拿起来，抱在怀中，小心翼翼，生怕碰到别人。儿子看到父亲的样子，眼睛有点酸。

两个女孩撇撇嘴，没说话，继续玩手机。

路过望京的时候，儿子指着远处的"东亚望京中心"，对父亲说："我在那里上班。"

父亲赶紧去看,说好高啊。

"第几层?"

"十一层!"

两个女孩也抬起头望去,然后回头看父子俩,目光很奇怪。

父亲笑了,点点头。

公交越走越像乡下,父亲奇怪说,怎么住在农村。

儿子说,城里房租太贵,这里很便宜。

进了一个叫铁匠营的村子,父亲说,这不和咱们家一样,一点都不像北京。

是的,这里和他们村没有任何区别,除了人多,除了地理上属于北京。儿子租的是一间平房,里面十分简陋,墙壁光秃秃的,一张床,一把桌椅,没有衣柜,地面上乱糟糟地放满了东西。父亲似乎有点失望,说还不如家里好呢,这里都没家的样子。

儿子不知该说什么好,他想告诉父亲,刚毕业的学生都这样,但他没说。

父亲待了两天,要走,儿子想去超市买点食物和饮料让父亲带上。父亲说,包里有方便面,不让买。儿子突然想到,父亲还没吃过炒饼,便跑到百米外的大街上买了一份,让父亲带上。父亲没拒绝,然后他们就出门了。

儿子提着父亲的行李包走在大街上，没走多远，行李包的提手就断了，上面的口也裂开了。"这包不能再用了！"儿子抱怨，他想回去把自己的行李包给父亲换上，却被父亲拉住，说不用，然后就捡起脚下的一根白绳系上。

儿子站在那里有点生气，觉得很寒碜，换个包不是很简单吗，何必如此？

父亲还是固执地说没事："我自己拿着就行，你别管了。"

两个人在大街上争执起来，路人看着他们。

当无法说服父亲后，儿子无奈，只好抱着行李包往前走，那根白色的绳子让他很不舒服，于是便扯了下来，却被父亲捡起，放在口袋里。他就这样抱着父亲的行李包，在别人异样的目光下，挤公交、坐地铁。

也许，他所谓的异样目光，不是来自别人，而是他内心深处的自卑感，那些与你擦肩而过的陌生人，并没那么在乎你、注视你，即便有，下一分钟便会忘记你的模样。他所在乎的是，是被这个城市接纳和尊重。

而父亲，同样在乎别人眼中的儿子，而这种在乎，同样想获得尊重。

有一年，父亲去了部队疗养院烧锅炉，到处都是"人物",经常受气。

儿子来看他的时候,他十分高兴。在介绍儿子的时候,父亲用平常不一样的音量说:"我儿子在北京做编辑,在写字楼里,干脑力活,今天放假来看我。"周围人点点头,开始夸赞他的儿子是个文化人。

儿子却不习惯父亲的介绍,他只是个小小编辑而已,哪是文化人。但听到别人的夸赞,父亲在那一刻感受到了从未有过的荣耀感和尊重,笑得很开心。于是,儿子只能配合父亲,让自己显得高大上一些。

后来,父亲买了新包,而他的生活也渐渐好了起来。

他丢了来看他的表弟

快国庆了,他这次不想回家,每年一次的迁徙,都让他感到疲惫。大街上总是站着一群人,对路过的人评头论足。

"瞧,这不是那谁谁家的孩子吗。"

"都快不认识了,和小时候变化很大。"

"听说还没结婚,年龄不小了。"

"是的,都这么大了,不知道还在外边混什么。"

所以,每次回家过节,对他来说,都是异常苦闷和单调的,他不喜欢这样的日子,每次都想早点离开。他更喜欢待在城市里,喜欢那种疏离感,那样就不会有人打搅他的孤独。没人知道他孤独,更不需要解释什么,随心所欲地过自己的生活。

他以为,他远离了那个环境,其实他们以另一种方式依然存在于他的世界周围。村上的邻居和亲戚也在北京打工，只是不再是一个村，而是同一座城市。他很少去找他们，也很少在同事面前提起。

地铁工程快完工了，一些农民纷纷要回家，很快就是国庆了。早晨表弟打来电话，问他什么时候回家呀，他说还要过几天，国家法定日。他觉得自己有些敷衍，虽然说的就是实话。表弟说，那我们来看看你吧，咱们都在北京，都大半年没见过你呢。

他不好拒绝，只好说好的。想想也是，虽然在一座城市里，却从来没见过，乡亲们觉得不可思议，他却很有安全感。这样就省掉了那些繁文缛节和客套，更重要的是，他不知道和他们聊些什么。

表弟询问路线，他说了一通，表弟也没弄清。他有些不耐烦，就说，可以在百度地图上查询路线，很方便的。表弟说不会用。没办法，他只好请假去接他们。如果表弟没来电，恐怕他也没想过要找他们。

他赶到约定的地铁口时，表弟几个人正在抽烟，手机的音乐震天响。他们都换了干净的T恤，只是鞋子暴露了他们的身份，上面沾满了石灰和泥土，应该很久没洗过了，很多时候，他们工作时只有一件衣服，一双鞋。不是没钱买，而是平常换着也麻烦。

看到他来了，表弟站起来，走上前去使劲捶了他一下，咧着嘴笑："二哥，胖了哈，一看就很少干活。"他笑了笑，与他们客套寒暄，带着他们一起走进地铁站。地铁里人很多，他们站着说话，下去了一拨人，表弟弯下腰蹲在门口旁边，其他几个人见状也蹲下来，有的干脆就坐在地上，他们嘻嘻哈哈地说着，周围的人投来目光，他们视而不见，继续说笑。

又下了一拨人，有几个空位，他让他们去坐，表弟说："你坐吧。"他说："还有几个空位。"表弟说："我们习惯了，那边香水味太重，受不了。"他看了看周围，有几个穿短裙低头刷手机的女子。

经过北京西站时，又上来了一大拨人，车厢内变得拥挤，把他和表弟他们隔绝起来。他有点累，睡着了。这是他经常走的一条线，每天晚上下班，都要在路上睡上一段，然后在西局下车。

很快，西局站就到了，听到熟悉的提示之后，他站起来习惯性地随着人群走了出去，等车门快要关上的时候，他才想起表弟他们还在车里，他正要返回，车门已经关上，他隔着玻璃看到表弟他们看着他，表情惊愕。

他想解释，可车已经开走了。

他丢了乡亲们，自己独自下车，忘记了他们的存在。

但他真的不是故意的,可事实已经发生了,这来自他的惯性。他只好打电话给表弟,让他们在下一站下车,别离开,自己坐下辆车去接他们。他孤零零地站在那里,内心充满了愧疚。他想有些东西,你刻意躲避成为了习惯,当有一天你即便无意,也会在习惯中丢掉他们。

在去他住处的路上,表弟说:"二哥,你现在工资很高吧。"

"不高。"

"那多少。"

"才六千吧。"

"那么少,不会吧。我们活多的时候,还八千呢。那你包吃住吗?"表弟不相信的样子。

"不包,房租都要一千五呢。"

"那还赚什么钱,还不如跟我们干呢,你哥打工两年都买了辆车,虽然他还不会开。村里很多人都买了,我也准备着。"

他笑笑,不知道说什么好。但他没告诉他们的是,除了工资收入,他还有其他收入,比如写作,比如自媒体广告,比如线上课程、咨询。而且,在某个领域里,他也渐渐有了一定的资源和积累,正慢慢变好,但这些很难去用一个物化的数字来证明自己。

他现在虽然也处于迷茫和瓶颈中，但生活总还是充满希望的。与可以买辆车在家乡的路上驰骋，他更愿意坐着地铁，驶向这座城市的各个角落。

他带他们看了自己租住的不足19平米的单间，屋子太小，以至于几个人都站不下。而屋外，人来人往，做饭的，上厕所的，显得十分的拥挤。他们似乎不太理解他现在的生活，毕竟也不是刚刚毕业的孩子，而是在北京生活几年、依然没结婚的人。

他想，逃离了他们的生活，自由地随心所欲，不必活给别人看。他们也没有理解他的生活，这样的生活值不值。或许都没有对错，只是大家对生活的理解和要求不一样。但每个人都在认真地生活，对未来充满美好的期盼。

在他房间没坐几分钟，他们就下去了。他想请他们吃饭，去一个好一点的餐厅。

表弟说："不习惯，随便就行。"最后在路边的夜市，他们喝着啤酒，吃着简单的菜，说着小时候的故事。就像他经常梦见的那样，他们永远是七八岁的样子，在大街上捉迷藏，在河里捉泥鳅，骑着割草的三轮车在马路上飞驰却不小心掉进水坑，在突然暴雨倾盆的路上奔跑……

小时候，我们都一样，只是长大后，我们选择了不同的生活。

同他看三十场电影的姑娘

· 1 ·

就在情人节的前几天,他向一个姑娘表白失败了。当然,也算不上表白,他只是想在情人节那天约她一起看《爱乐之城》。消息发出去后,她再也没回复。一个小时、半天、两天过去了,都没再说话。

他敏感地觉得,没戏了。

但他还是决定去看电影,看的是《乘风破浪》,即便在情人节这样"虐狗"的日子里。在这个世界上,总有一些人越是在欢闹的日子里,越感到孤独和不适,他们想努力走到人群里,又总觉得自己怪异,怕被注视。

·2·

进影院的时候，检票人员特意看了他一眼，拿起票说，一张？

"是的。"他尴尬地答道。

电影院里人不是很多，有很多空座，可能都忙着干更重要的事情去了。

每次他都买靠过道的位置，恐怕对于一个人来说，在这个位置上，不至于那么尴尬，可以与周遭保持一定的距离。有时会觉得，一个人看电影是件很尴尬的事情，因为你周围的人，要么是恋人、闺蜜、一家三口，或者结伴的朋友，而你却孤零零地坐在那里，一个人哭一个人笑。你无法讲话，不能评论，所有的行为和话语，都会看上去怪异。

他最怕两种人坐在自己旁边，一种是孩子，他们都会不安分地动来动去。还有一种就是恋人，他们也会不安分地动来动去。他常常坐立不安，浑身不自在。

比如上次看《摆渡人》时，是巨幕，为了更好的体验，他买了中间的位置，进场后才发现周边没有什么人，旁边坐了一对恋人，从开始到结束，两个人小动作不断：

喝水，吃零食，讨论剧情，腻腻歪歪的，姑娘还总是把腿跷在男朋友的腿上。他的领地不断被恋人入侵，十分的尴尬不自在。

想想看，一个单身狗坐在一对恋人旁边，其他位置都空着，这画面像段子。

· 3 ·

当然，他今天还是选了中间最靠边的位置。

落座后，他抬头看见在这排的中间坐着一个姑娘。他不认识，但很熟悉，因为这是他们第三十次相遇在同一家影院、同一场次且同一排的位置。她也经常一个人来看电影，每一次都穿着不同的衣服，变换着不同的风格，开心的时候会笑，动情的时候会擦眼泪。她沉浸在自己的观影世界里，周遭的一切都没让她看上去孤独。

他想认识这个姑娘，有好几次，都想买一张靠近她的位置的票，但也只是想想。她是否注意到自己呢？可能注意到了，因为他们同看了三十场电影，频率太高了。可能也不一定，因为她对电影之外的世界缺乏感知，其他人是模糊的存在。

谁又会像他一样，敏感地感知着周围的世界，又敏感地觉得被周遭感知着,他把自己设定到一个孤独者的角色里,导演了各种情绪的变化。其实那些说自己孤独的人,只是还不够热爱生活,不够勇敢,而真正喜欢独处的人,从来不说自己孤独。

有人在他的空间里评论说:你是个整天叽叽歪歪可怜待娶的小男人!

这句话戳中了他,他知道,该反思自己了。不是生活拒绝了他,而是他活得太矫情了,婆婆妈妈,畏畏缩缩,没有不顾一切去追求美好生活的勇气。有时候,他真的需要别人给他一巴掌,骂他一句:滚回去好好生活吧!

· 4 ·

他的脑海里响起谢春花的《借我》:

借我十年,借我亡命天涯的勇敢,借我说得出口的旦旦誓言,借我孤绝如初见,借我不惧碾压的鲜活,借我生猛与莽撞不问明天,借我一束光照亮黯淡……

电影《乘风破浪》还在继续,他睡着了,梦里,旁边那个姑娘走进了他的生活,却长着赵丽颖的样子。她总是带着笑,温柔又霸道。她喜欢跳舞,把笨拙的他拽进人群里,和她一起跳鬼步舞。别人笑他,他却越跳越起劲,沉浸其中。

一幕又一幕,像电影里的片段。他变得勇敢又快乐。她改变了他的生活。

他骑着机车载着她从小巷里穿过,细碎的阳光,周边的嘈杂,还有他们的笑声,都揉进了一个夏天的午后。然后,他们驶向小镇外的田野,看着空旷的稻田和天空,像是回到了少年时代。突然从梦境的星空跌落,他醒了。

· 5 ·

姑娘还在看电影,他转头看了她三十秒,觉得赵丽颖附体一样,她是那么的美好。他决定在电影结束的时候,走过去和她说话,和她交个朋友,并告诉她:"我们已经同看了三十场电影……"

半个小时后,电影终于结束了。灯亮了,他站起来穿过多个座位走向她。快接近的时候,姑娘也站了起来,居然是个高个子女生,高出他半头。然后她又坐下,原来是想看完最后的花絮。他站在那里正要开口说话,她说:"小孩,别挡我!"

她没怎么看他,还把他当成了个中学生。因为他是个

162cm的男子,又矮又瘦,那天还穿了件卫衣,戴着帽子。

他没说话,笑着走出了影院,那些已经不重要了,他准备去热爱生活,就像他梦到的一样。

第五章
你想活得很酷，不再惧怕孤独

⑤

☂ 隔壁邻居的怪大叔

· 1 ·

小佳住在一个老旧小区里，有些破败，这里曾经是一家银行的家属楼，听说十年前曾发生过灭门惨案，至今未破案。现在里面住着一些老人，他们的孩子和孙子都搬离了，就把房子租给了外来的年轻人。

隔壁503住着一位独居大叔，五十多岁，神出鬼没。西边501住着几个附近上班的年轻人，很少碰到。她住了大半年，没有与自己的邻居说过话，也不知道他们的名字和职业，偶尔碰到也像陌生人一样擦肩而过。妈妈给她打电话常常唠叨说，要和邻居搞好关系，多走动，她都不耐烦地说"知道了"。

在大城市里，最近的邻居可能却是最陌生的人，而最熟悉的朋友可能在城市的另一端，经常需要跨越大半个城市去看他们。每天和群里的人聊得火热，离自己最近的人却满是防备，不愿暴露太多的真实。这样的陌生感和距离感她早习惯了。

楼太旧，没有电梯，她每天晚上下班都要走黑洞洞的楼道爬上五层，遇到停电，就特别害怕，总觉得某个地方躲着一个人。想想多年前的惨案，她恨不得一下子就跳到房间里，锁上门再也不出来。

单身久了，她开始怀念前任。那时他们刚刚毕业，为了省钱住在城中村，幽暗狭长的街道，七拐八拐的，人员混杂，晚上回家她害怕，于是他每天都接她下班，日子清贫却很幸福，两人规划着要在这座城市混出个模样。

后来，他认输回了家乡的小城结婚生子，她却不肯回，继续坚守。

又有过后续的前任，也都无疾而终。在成熟和现实面前，人们心中都有着自己的考量和计算，感情变得脆弱又谨慎，大部分走到最后的感情，要么是不顾一切的任性，要么是不断考量和计算后的抉择。

小佳一路跌跌撞撞，追求着自己想要的人生，一个人艰辛又平淡地生活在这座城市最普通的角落里。想要共度一生的那个人，迟迟没来。遇见过很多人，也相过很多亲，拒绝过很多人，也被很多人嫌弃。

但她依然还在寻找。

· 2 ·

这天，周末小佳相亲回来已经七点多了，她踩着高跟鞋上楼，到第三层时，隐约听到后面有人，她停了一下，发现那人也停了，她有点紧张，便加快了脚步，一步两个台阶地跑了上去，差点崴了脚。

她气喘吁吁到了五楼，看到邻居门口的灯亮着，与楼道微弱的灯光相比，亮得刺眼又有点温馨，紧接而来的却是恐惧，那毕竟不是她的家，而邻居的门虚掩着，里面关着灯，很静，没有一点家的气味。

正当她掏出钥匙开门时，一个人从楼道里走上来，是隔壁的大叔。门打开了，她赶紧踏进去，正要关门，大叔突然说话了，吓得她半死，这是他第一次开口和她说话，还是在这么恐怖的夜里。

"你家的水费老贵了。"

他很瘦，矮矮的，邋邋遢遢的样子，缺了很多牙齿，说话含糊不清，直直不转动的眼神盯着她看，让人恐惧。

说完，他递上来一张已经烂掉的水费单，她接过来看了看，上面歪歪扭扭写着：450元。

"确实挺多的。谢谢你了。"她随口说，准备关门，也不想问水费单为何在他手上。一个单身姑娘面对这样一个怪异的独居大叔，自我防卫意识变得强烈起来，不想说太多的话。万一图谋不轨、谋财害命怎么办，她甚至脑补，这是不是十年前那个命案的凶手，真是越想越害怕了。

可是大叔又开口说话了："这些水果你拿去吃。我去给你看看水费咋回事。"

她这才看到，他的手上提着一个塑料袋，里面装着几个苹果和一个大柚子，手上还攥着一副女士针织手套。她婉拒了这份好意，而大叔走上来执意要到她房子里看一看，嘴里说着："这么贵的水费，是不是漏水了。"

她没来得及拒绝，大叔已经推开门，从她的一侧径直走了进去，然后一点不客气又很熟悉地走到厨房和卫生间看水管，还回头说："你关上门，关上门。"吓得她不敢进去，站在门口说："不用的，开着就行，暖气太热。"

她已经做好了一旦情况不妙，撒腿就跑的准备。

大叔还想继续说什么，小佳就略带不耐烦地说："大叔，我自己看就行，太晚了。您回去休息吧。"其实心里想说的是:"您快出去吧,大半夜的进一个女孩的家,您这行为挺吓人的。"

大叔似乎有点尴尬,就准备出来,顺手把水果放在了门口旁边的柜子上,语速很快地说道:"你吃,你吃。天冷了,手套给你。"停了一下又说,"你一个人住吧,要小心,三层曾经发生过命案,最近警察又来查了。"

小佳不想要,也不想回答他的问题,拿起水果袋想让他带走,但大叔已经关上了门走了。她也就作罢,不想再和他继续纠缠,怕他转身再回来。

· 3 ·

关上门的那刻,她吸了一口凉气自语:吓死姐姐了。

反锁又插上门栓,她这才走进了卧室。但还是紧张,蹑手蹑脚走到门口,透过猫眼看外面的情况,见没什么动静,才放心。

她转身看那袋水果,不想动它们,而且里面竟然有副旧的女士手套。想想刚才发生的一切,真是细思极恐。她越来越想不明白,大叔为何要来看她家的电费,还要给自己送水果,甚至留下破手套。悬疑小说看多了,各种惊悚的情节在脑子里闪过。

希望不是那样,她对着镜子做出几个鬼脸缓解紧张。

今天她也不想洗澡了,就倒在床上给闺蜜打电话,说刚刚遇到了一个奇怪的邻居。然后两个人开始分析大叔的行为和目的,也没分析个所以然来,闺蜜只是让她要注意安全,有什么问题报警,防火防贼防色狼,还有防邻居,一样不能少。闺蜜在另一座城市,只能电话里给她安慰了。

一个姑娘在外地租房子,太不容易了,时刻需要保持着警惕,锁好门关紧窗。经常快睡着了,梦中感觉有人爬窗,使劲挣扎,腿脚却不听使唤一样没有知觉,终于醒了,发现什么都没有,久久不敢睡去。

有时真的想有一个结实臂膀,有安全感,不必去独自面对这深夜的恐惧。

· 4 ·

晚上,有几个人加小佳微信。

今天她去参加了一个线下的单身活动,她并没有遇到满意的,但几个男会员要了她的联系方式,想进一步发展。她也没拒绝,都通过了申请,先聊着看呗。那些自己满意的,不知道同时和多少个姑娘在聊着呢。每个人都有很多的选择，都怕错过，怕不甘，怕没找到最满意的那个。

上周就连续见了几个：

周先生，是个摄影师，有型，帅气，但似乎桃花旺了些。过着随性的生活，不想上班，不买房，不买车，赚够了钱就喜欢到处走，看很多的风景，遇见很多的人。他的朋友圈里有不少和女孩的合影，都是那么的漂亮。她就是奇怪，这样的人需要相亲吗？

张先生，是个公务员，本地人，收入不高，没什么追求，但对目前的状态比较满足，房、车都有，就是想找一个贤惠的媳妇过日子，要求还挺多，不能丑也不能太漂亮，不能太物质也不能太土，学历不能太高也不能太低，最重要的，能够让他妈喜欢。她想，他干脆给自己找个保姆好了。

刘先生，是个自由职业者，做平面设计的，条件一般，穿衣打扮有些随意。他性格有些内向，自卑，负能量有点多，但很实诚，会把自己的弱点告诉别人。比如他说自己太矮了，又没有王祖蓝那样的才华和性格，感觉没女孩子会看得上。这样的相亲，让她有点尴尬，仿佛嫌弃就是伤害他，只能鼓励他一番，身高不是问题，结果让他想多了，自作多情起来。那刻，尴尬得她想快点逃离。

总之，她的相亲也是一部血泪史，但狗血的生活还得继续。

她希望30岁前能嫁掉自己，过和大家一样的生活。她不是独身主义者，不把单身当成一种享受和生活方式。这些年她学画画，旅行，去健身房，参加各种课程，不断走进人群中，不过是消解自己的那份孤独，让自己看起来正常。

事实上，在这座城市里，还有很多像她一样孤独的人，她理解他们，又不认同他们。他们焦虑，渴望走到人群里，大胆地表现自己，遇见爱情，过世俗的生活，可内心的城堡又很坚固，对外面的世界充满了恐惧、不适，无数次试探又很多次逃离。

小鹿说，他还从来没谈过恋爱，像个不曾长大的少年，天真又急躁。

她是他为数不多的几个关注者，他每天在微博上面画画，他的画很安静、文艺，偏蓝色和黄色风格。主角是一只小狗，很暖很萌，也很忧伤。它孤单地看着天空的风筝，站在恋人旁边，独自在车站等车。它爱上了一只隔壁的小花猫，却从来没敢走近小猫的身旁。它天天想着小猫，过着一条狗的生活。

两个孤独的人，总能找到很多同样的感受，经常会聊聊天。她能感觉到小鹿对感情的渴望,以及对她的好感。可是她知道,孤独人都不愿找同类人。只是,有时会想见一见他,看看现实中他是什么样子。

· 5 ·

第二天出门的时候,小佳特意看了看隔壁的501,关着门。

住这么久了,很少听见里面有动静。从一楼到五楼,她总能感觉到每家屋里的生活气息,吵闹声、电视声、饭香,进进出出的老人孩子,而这些501都没有,甚至很少有人进去。他有家人吗,有孩子吗?

她开始对大叔和那里面的世界充满了好奇,当然更多的是恐惧。他的行为太奇怪了,有点让人搞不懂。昨天把这些经历发到朋友圈,有人让她多防备,说着大叔不像好人。有的则说,可能大叔想关心下邻居吧,就是方式有点太"惊悚"了。

这天晚上回去时,大叔的门前依然亮着灯,门半开着,里面漆黑一片。她怕大叔再冒出来,几步就跨进自己屋里关上门,反锁,连续几天都是如此。在猫眼里常常看到大叔探出头来,很久之后关上门,再也没出来。有次在街上遇到，他看着她，似乎想走过来说话，小佳就假装没注意到，拐进了旁边的商店，等他走远才敢回去。

有时小佳想，大叔难道真是想找她聊聊天，还是有什么事情想说，而自己的防备和冷漠拒绝了这一切。可对租房的女生来说，不得不与陌生男邻里保持距离感和加强防备，特别是这样一个奇怪的的大叔。

有一次，大叔的屋里终于传出了声音，似乎和一个年轻男子在争吵。隔着墙，看不见，隐约感知是他儿子，脾气很冲，在顶撞父亲。大叔希望儿子能够找个对象，过正常人的生活，不要再这样晃荡下去了，可儿子不让他管，还说他："你这辈子都是如此，有什么资格管我……"

儿子走了，再也没来过，大叔的房间又恢复了往日的安静。

月底，女房东来检查水表，她们就聊起了隔壁的大叔。房东说，其实他不是坏人，一个人久了，性格和行为有点怪，不懂得与人相处，有时特像个老孩子。他单身了半辈子，没有成家，也没恋人。而那天和他吵架的，的确是他儿子，却是非婚生的。

年轻时，他一直独自生活，后来和一个女孩好过一段时间，对方就怀了他的孩子，他以为他们能够在一起，从此生活变得不一样，可女人却在几个月后嫁给了别人。女人觉得和他在一起看不到希望，他是一个乏味的人，性格怯弱，人不够体面精致，不会说话办事，不会张罗，不会出面摆平纠纷，不懂人情世故的各种道道。比如在酒桌上什么都不懂，只会默默坐着吃，别人说他这么大还不懂事，傻。

这样的男人，确实没几个女人能看得上。

自那以后，也没其他女人走进他的生活，他也没有洗心革面，让自己活成一个面面俱到的成年人。一年又一年，越老越糟糕，越没有底气，他开始害怕面对爱情和婚姻，他不懂得如何去追求一个女人，如何去爱一个人，也不愿意相亲。结果，就这么孤单一辈子，看着挺可怜的。

他的儿子不愿认他这个父亲，很少来看他，偶尔来也是吵架。可他又想承担父亲的责任，他儿子快三十了，不想结婚，他怕儿子也会像自己一样，他焦虑。他开始想着帮儿子找对象，经常看到他让街坊给他儿子介绍对象，见谁家有适龄女青年就想去问问，方式有点直接和怪异，大家也没当回事。

小佳说了自己前些日子的经历，房东就笑着说："他可能只是想找你说说话，自从我们搬走了，和他来往的人更少了，人老了，又没家人，渴望有人和自己说话，他一个人住在那里挺苦闷的。"

房东接着又说:"是不是见你单身,想给儿子介绍对象。"

小佳也笑说:"好可怕呀。"

·6·

有一天小鹿在微博上发一张旅行照片,他独自去了云南,在大理的街头晒太阳。她发现这是自己曾经见过的一个相亲者,但她没有和小鹿说。每个人都有他的闪光点,比如他的画很美,脚本的句子像诗一样,让人有共鸣。她愿意在另一个世界去欣赏一个人,鼓励他变得更好,更自信,更成熟。

但他还有追她的想法。

他把别人对他的好,一厢情愿地想变成爱情,天真地带着一点孩子气。但又不切实际,不是一个成熟男人会说出的话。他不明白,爱情不是别人给的,而是通过自己去寻找到的。可能一个人待久了,总把问题想得太简单,她能够理解,但这和能谈恋爱是两码事。她有时想起花粥的歌《你需要什么》:"你究竟是需要一个女人,在夜里代替你的忧愁,还是需要这个女人,在清晨为你煮一碗粥……"你究竟是需要我,还是任何一个女人。

她笑着说:"这样的话,没哪个女孩子会答应你吧。"

所以她拒绝了。

有时你不想伤害一个人,但又做不到,不拖泥带水的冷酷和决绝是对自己和别人负责。长大后的很多事情,无法用对错来判断,对她来说就是愿不愿意和值不值的问题,决绝的理智只是一个成熟的应对方式。

她说:"我理解你的孤独,但不认同你的孤独。你应该勇敢一些,多尝试一下改变,让自己变得主动,去追求,去爱,去展现自己。如果你觉得自己过得乏味,就去热爱生活,走到人群中去。如果觉得身材不好,就去减肥健身。对形象不自信,就试着换个发型,学会穿衣打扮,也不要在意别人是否嫌弃你,重要的是自己不嫌弃自己,脸皮厚一点。"

她说:"没人能帮你,除了你自己。"

· 7 ·

有一天去上班,下楼的时候,正好与大叔走了碰面。

小佳微笑着说:"您早上好。"

大叔用他笨拙的微笑回应,然后,从口袋里拿出一张照片来。

"我儿子,单身,正在找对象。你看,你看。有他微信。"就像上次他送水果时的样子,还没等她说话和拒绝,大叔已经走远了。

她开始觉得这个老人很可爱,像个孩子。

她走下楼去,拿出照片看了看,一个二十多岁的男人,像哪里见过一般。

很久之后,她搬离了小区,也遇到了合适的恋人。

💡 不想结婚的三十岁女人

· 1 ·

今年春节她本来计划来一场北欧旅行,体验异域的冬天。

对她来说,应该过最有意义的生活,包括在春节这样的节日里。她不想被逼婚,也不想在一个不被理解的环境里压抑自己,应付生活。

可是,她还是放弃了这个计划,回到了家里。

妈妈说:"你一定要回来,大过年的去什么北欧,去年你都没回来。"

她一直想做那个走出家乡抵达远方的人,可身上有太多的束缚,比如父母还在那里,还是得回去。那些试图逃离的人,总是有着挣脱不开的矛盾,比如家人,别人也无法理解她的世界。

一个人在外边活得再潇洒,再牛逼,在自己喜欢的领域做得再丰满,回去之后,如果不在他人理解的标准里,可能那些的美好东西都变得一文不值,成为别人眼中的失败者、不进取者。

· 2 ·

她知道,回去就会被逼婚,被安排相亲。从她父母的角度,一个三十多岁的女人,不找一份安逸稳定的工作,不想结婚,也没有对象,却喜欢到处跑,瞎折腾,怎么看都不是一个好的生活方式,不够成熟。

什么是成熟?她妈总说,那就是别晃荡了,早点成个家,有个孩子,自然就成熟了。

她不认同,对自己的生活也挺满意的。"成熟"在她看来,不是你活在什么样的形式里,而是你内心的成长和丰富。那些即便很早就结婚、在世俗世界里也面面俱到的人,很多依然有着"巨婴"般的幼稚。

她在认识人的眼里是出色的。她有着多重身份,当过媒体人、专栏作者,写过剧本,出过书,导演过话剧。热爱美食、旅行，热衷于各种文艺活动，发起了"遇见美好生活"的线下社群。她有一个心愿，就是开一家自己风格的民宿，只接待自己喜欢的人。

她并不拒绝结婚，只是不想为了结婚而结婚。和年龄无关，和稳定无关，重要的是自己是否接纳一个人，是否准备好与一个人去建设家庭，是否有决心去承担一个妻子和妈妈的责任。她现在还没遇到那个想与之结婚的人。

有人说，过了三十多岁，就不好生育了。她总是说，非得要个孩子吗。当然，这话不能对父母讲，他们一定会骂自己的。还会说，等你老了，连个孩子都没有，谁照顾你死活，谁管你吃喝。

她从不担心自己，一个独立的女性从不依赖别人，哪怕老了。

所以，坚决不妥协，她对自己说。

当然，这话是说给自己听的，为了能够顺利过完这个年，她想了很多反逼婚攻略，比如连哄带骗地说谎，和他们说自己有男朋友了，如果谈成了就结婚；比如就听从他们的安排假装去相亲；甚至连租个男友回家过年这么奇葩的念头都想过。

熬过一年是一年吧。

·3·

回到家,如她所料,"一切回到解放前"。

她的习惯,她思考世界的方式,她认为的体面,在这里有些格格不入。没人愿意听,主要他们也不懂。九十岁的奶奶,拄着拐杖,用她能够理解的人生经验,重复着一句"你要结婚呀",她只能说,快了,快了。

老人不知道你在外边忙什么,那些新鲜的名词,那些美好的生活方式,她也不懂,她能够懂的就是,你应该找对象,有个家庭,生两个孩子,夫妻和和美美地过日子。似乎解释再多,都是徒劳的。

吃饭时,和父母聊聊在外边的生活,说着说着,他们总会意味深长地说,今年该结婚了吧,不能一年年单着,你又不是刚毕业的小姑娘了,要为以后的生活着想。她开始沉默,不想回答这个问题。

每次转移话题,又被妈妈拉了回来。

她一度试图通过物质来弥补他们,给他们买很贵的衣服,给家里添置新的家具和电器,带他们到星级酒店度假,还想把家里的车换掉。做这一切,是想证明给他们看,自己活得很好,很体面,有实力,够给他们更好的生活。

可爸妈总是说，你浪费这么多钱干什么，我们不需要这些，我们只想你早点结婚。

那刻，她有种不被理解的难过。

· 4 ·

春节的时候，她看了韩寒的《乘风破浪》。她想，自己一味固执地做自己，有时也忽略了父母的感受。就像他们带着他们的理解，也固守在自己的世界里。彼此都没有真正地走进对方的世界里，缺席了彼此的生活。

这个世界没有绝对的执拗和偏见，只是我们习惯了用自己的眼光看世界。

她想起自己这么多年了，一直没有让父母完全走进自己的生活，甚至自己的笔名，自己的文章，自己的朋友圈，有些对父母是屏蔽的。也没有带父母见自己的朋友，让他们看到自己工作和生活的方方面面。

自己仿佛设置了一堵墙，把父母挡在了外边。这么做，理由很多，怕他们不理解，怕尴尬，怕他们担心，也怕自己不能够自由表达。正是这种隔绝，父母对孩子的生活所知甚少，只能通过婚姻大事表达对孩子的关心和关注。

想让父母理解自己,首先向他们打开自己的世界吧。

她想好了,等过完年,就把父母带到自己的生活里,让他们感受自己的一切。她不知道能否获得父母的谅解和认同,但她一定要让父母进来。当然,她一定要成为父母的骄傲,让他们在别人面前有面子。

万一我们一辈子单身

· 1 ·

她从地铁出来的时候,说刚借给了路人一百元钱。

"你肯定遇到骗子了,一个路人,怎么还会还你钱。"

她说:"不会吧,看着不像骗子。"然后拿出手机给我看,说还加了微信,那人表示等回到家,一定把钱还给她。据她讲,那人在地铁里拉住她,说钱包被偷了,没钱买车票。她本来不想理睬的,但见他失魂落魄的样子,还是借了他一百元。

遇到这种情况,我是不会借的,事实上如我所料,她真遇到了骗子,再回复那个微信,对方已经把她拉黑。她顿时很沮丧,但却让我觉得她内心依旧是很善良有爱心的,她刚刚还给街头卖唱的歌手捧场了十块钱。

有时,不知是我们世故了,还是小气了,对释放爱心变得小心翼翼。

但谈到我那篇《原本不想回家的年轻人》时,我又看到她的另一种性格。她说,今年过年没有回家,至于原因,她说过年好烦,如果不是为了看下父母,她最讨厌过年了,觉得特别没意思。

我不想回家过年,会表现出自己的纠结,在乎自己的体面。她似乎从不掩饰自己,甚至会让人觉得不近人情。烦的理由很多,比如一些邻居总爱串门,东家长西家短的,吐槽婆媳关系,或者就是把她的情况问个底朝天,隔天就会说给其他街坊听。

记得去年她回家了,没怎么出门,即便有人来串门,她也不怎么搭腔。有一天,爸妈都不在家,一个邻居来串门,在屋外喊她的名字。她没吭声,任凭那位阿姨叫了半天,她都没出来,一个人雷打不动地看电影。

在别人看来,这很不懂人情世故,甚至是缺乏礼貌。但在她看来,不喜欢就不喜欢,为何还要出来客套,跟演戏一样。她不太在意别人怎么看自己,也不想活成别人眼中应有的模样,她只想做自己。

我做过类似的事情，但我觉得自己不合群。

"你当时是什么心情？"我问她。

"什么都没想呀，我只想着看电影，还差点笑出声来。你就是想得太多，活得太累。"

我笑笑，确实是这样，不然也不会抑郁了。

· 2 ·

她叫张小花，是我今天要采访的对象。她看了我上篇文章后，然后吧啦吧啦地讲了她的人生态度，并对我一篇文章提出批评。我觉得她很有意思，就想采访她，然后写成文章。她没多想就答应了。

"你就不怕我写了你，会被人讨论吗？"

我遇到过一些人，包括我准备写别人的时候，都会有很多顾虑。我们太在意自己在别人眼中是怎么样一个人了，是否体面，会得到什么样的评价，从而顾忌自己的表现，不愿意去自然地展示自己。

她笑着说："随便你去写，我又管不着你说什么。"

张小花今年三十岁了，单身，无房产，在朝阳区与别人租房子住。目前在北京一家外贸公司做职员，收入不高不低，偶尔接点私活。姐姐在河北涿州定居，有时张小花周末会去姐姐那里住,相当于她半个家。

她对自己的人生没太多规划,但对自己的状态很满意,别人为之焦虑的事情,她都没有,或者她讨厌焦虑这个词。

工作之外,张小花管理着一家文学网站,上面都是一些散文、诗歌、美文,就像她的名字一样,风格缺乏新颖,在新媒体时代显得陈旧。可她不觉得,这就是她喜欢的东西,会一直坚持下去,不想随波逐流。

很多她的人生态度,在我们看来有点自我,但在她看来却很正常。她说,觉得奇怪的人,不过是用世俗的标准去定义了她。成为别人没什么难的,难的是没有顾虑地做自己。

她还特别的独立,独立到男人之于她而言,是个非必要选项。

· 3 ·

张小花的直接和不屑一顾的性格,在刚开始聊的时候就让我领教了。我和她聊起了现在比较热门的内容创业、斜杠青年等。很多人通过这些方式逆袭,我建议她也可以试试。

她似乎很生气，觉得自己的生活被别人否定了。这与其他人会发出感慨，羡慕别人的成功和优秀，并对快速变化的社会感到焦虑，同时渴望参与其中的人不一样，她不喜欢被定义，不想活成别人的样子。

"我过得很不好吗？"张小花反问。

我对她说，你可以把自己的网站向新媒体转型，做公众号，然后在其他各种平台都去展开，做成品牌，因为这是大家目前都在做的事情。她冷笑："我不会因为别人都在搞什么，就去做。我没危机，更没兴趣。"

"你不怕你的网站被新的模式淘汰吗？不想得到更多的流量和关注，有更好的变现吗？"

张小花没马上回答，缓慢地走自己的路，她喜欢看着前方，脸上的笑恒定不变，语速平缓。她说："不怕，因为我从来没把它当成一项事业来做，也不会这么去想问题。我不会刻意改变，哪怕它像我一样会渐渐老去。"

"会不会有人说你不够努力，格局不够大。"

"比如你呀！"她笑了起来。

在路上聊了一会儿后，准备找个地方吃饭。她说："我们要AA制呀，这是我多年的习惯，不太喜欢请来请去的，麻烦。你没问题吧？上次和一个同事出来吃饭，我说要AA制，他背后竟说我毛病多！"

我说可以的。

她说:"不熟不会让男生请客的,否则心里会不舒服,觉得占别人便宜,何况我付得起呀!"

我说:"男人是不敢主动说AA制的,曾有一个女生说,她从来不会请男人吃饭。"

张小花说:"那她一定是个绿茶婊。"

· 4 ·

张小花说:"咱们去哪里吃饭?"

"你说。"

"你喜欢吃什么。"

"什么都行,你定吧。"我对她说。

"那吃火锅好喽。"

"好。"

落座后,我问张小花:"你会有面对未来的焦虑吗?比如职业发展,买房,结婚和养老。"

在她面前,我仿佛不是采访者,而是一个需要被当头棒喝的时代病人。不知道想要什么样的生活,好像我今天的努力,都是在追赶别人的标准,可这个过程中,我没过上别人的生活,自己的生活也很糟糕。

她说:"我的字典里没有焦虑这个词。哪像你,整天把焦虑挂在嘴边,罗里吧嗦的,恨不得让全世界都知道你的状态,矫情不矫情。活该找不到女朋友。"

哈哈,我堆出机械的笑,她就是这么直接,不在意别人的尴尬。

火锅的热气袭来,我擦了擦眼镜,继续问:"当很多人超越了你,你会有差距感吗?"

"不会,每个人都有自己的活法,为何要去比较,我也没觉得我活得多么糟糕呀,相反,我现在过得很体面,完全不需要羡慕别人。别人没资格说我不努力,我也不会瞧不起那些不如我的人。"

"大家都很忙,没有空管你发光不发光。"她又补充道。

她没有抬头,说完,把鸡爪捞出来放在小碗里吃起来。吃了一口抬头看我说:"你怎么不吃鸡爪。"

"我不爱吃,你都吃了就行。"

"那你怎么不早说,我以为你也吃呢?你说都行,结果你又不吃。"她撇撇嘴说道。

我尴尬笑,又问:"有没有想过在北京买房呢?"

她仿佛又被我夯毛了一般说:"北京这么高的房价,是我能买得起的吗?既然租得起,就没想过在北京买房。"但她又说,以后打算在河北涿州买房,"那里的房价我能够承受,离北京不远,等我的钱够首付了就去买。但不买对我来说也无所谓。"

我说:"可能你是女生,现在也没婚姻和家庭的负担,所以觉得没什么。但男人就不一样了,特别是想结婚和结了婚的男人,那种压力是你必须要面对的,你要对别人负责,有担当,也必须让自己活得更好。"

张小花停下筷子,想了一会说:"你说得也对,我不否认,每个人都有他要选择的生活,说不定我以后也会遇到你说的那些烦恼和压力,但至少我目前没这种负担,为何要考虑那么多,累不累呀。很多人,还没毕业甚至才十多岁,就在想以后该怎么活,怕买不起房,这种人真的很没劲!"

我看着翻滚的火锅汤,附和了她一句。

· 5 ·

张小花之所以这么洒脱,从不想那么多,大概从小到大,她都是一个很幸运的人,没吃多少过苦,顺顺利利的,想得到的东西,都会想办法得到,从来不会委屈自己,到现在也是,想买的衣服、包包,从不吝啬自己。

对爱情，对婚姻，张小花也不将就。就像我前面说的那样，男人和婚姻之于她而言，是个非必要的选项，遇不到让自己全心投入的男人，就一个人过呗，她才不会因为大家都在结婚就也这样，谁也别逼她。

当然，张小花也渴望爱情，遇到合适的人也想结婚。去年的时候，她差点恋爱了，在北京遇到了高中的同学，中学时他们就暧昧过，只是那时谁都没表白。现在，他开始追求她，相处了几天后，感觉对方还不错，就答应了追求。

他在老家，异地恋，她做好了回家发展的准备。

张小花说："我那时真的准备认认真真地谈一场，为此，我开始调理自己，努力减肥，想以最好的状态投入这份感情。可我发现，自己认真了，对方不过把我当备胎。通过老同学爆料，男同学在老家居然还相亲。"

她一气之下就拉黑了男同学，这段感情就这么结束了，她感觉挺荒诞的。

后来，张小花又网恋了一次。那天光棍节，她和一个人聊上了，他孤独太久了，想马上投入一场热恋，想想挺幼稚的，却不知为何她就想试试，可能他傻得可爱吧。

不靠谱的开始，很快就结束了，现实毕竟是现实，一碰就碎。等见面后，她发现对方完全不是自己想要的人，气场不对。他无论说话还是做事,都显得幼稚和土气,一点都不像在北京生活了八年的人,不会用刀叉,感觉就像个乡下来的孩子。当然,她不是歧视乡下人,只是不会委屈自己去和这样的人谈一场恋爱。

现在张小花依然在空窗期,遇不到好的,就单着,焦虑个啥。

· 6 ·

吃完火锅,我们从饭店出来,北京已经换上了夜装,有点凉,柳絮不断地飞来,贴在脸上。她依然带着不变的微笑,望着前方,缓慢地走着。

我继续采访她,问道:"有没有想过四十岁后的生活和规划,你会怕老去吗?"

她想了想说:"其实怕的,所以护肤品什么贵我就用什么,不会亏了自己。至于以后,我有社保,还买了保险,到时也会在北京附近买套小房子。想去南方就去南下,想留在北方,老家还有漂亮的洋楼。吃穿不愁。"

"如果回老家生活,会害怕周遭的闲言碎语吗?在小地方,女人到了四十岁还没结婚,一定会活在别人的目光和讨论中,他们觉得你很怪,生怕自己的女儿也嫁不出去。"

张小花白了我一眼说:"瞧你那点出息。只要姐有钱,管他大爷的目光和议论。"

她又说:"街坊什么的算什么鬼,不鸟他们,我给我爸妈钱,让他们过上好生活。那些人咋不看看自己儿子的不孝和撒泼的媳妇,还好意思说别人。自己的生活都一团糟,却天天操心别人怎么活,累不累。"

我没继续说什么,因为这可能会引起她对我的批判。我沉默着,像是在沉思。

她又说:"我觉得你找我采访这事,估计不理想。因为我的想法,不是你们能够理解的,归根结底,是你们太把别人的生活、别人的目光当回事了,考虑得太多,结果把自己搞得很焦虑。"

在地铁分别的时候,张小花转身说:"记得以后和别人吃饭,不要说什么都行。你要有主见,想吃什么,不喜欢吃什么,要说出来。对于生活也是如此。"

我挠挠头说,有道理。

然后,她走就了。

第六章

少年,
你是如此的不愿长大

谈一场少年少女式的恋爱

《我的少女时代》里林真心说:"没有人告诉我长大以后的我们会做着平凡的工作,谈一场不怎么样的恋爱,原来长大后没什么了不起,原来少年的你才是最勇敢的自己。"

· 1 ·

微信里小琪说:"我剪发了,朋友说剪回少女了,还翻出当时的中学相册给我看。是呀,是呀,我喜欢这样少女的自己。"

小北说:"我也是少年,咱们谈一场少年少女式的恋爱吧。"

"那样会不会很傻。"

小北说:"不怕,只有我们两个人知道。在世俗的成人世界里,谈一场少年之恋。"

那时候,他在北京,她在上海,他要跨越一千四百多公里去看她。

·2·

她自称少女,连笔名都带着少女,微信签名写着:永远十八岁的姑娘。但那个时候,她已经进入职场一年了,一枚"少女",在世俗的世界里跌跌撞撞,有时头破血流,但也渐渐能忍受庸俗,懂得规则,有了大人的模样。

用成熟的话说,是变得自信从容了。

用不成熟的话说,她内心里还藏着一个少女,想活得纯真,不需要太多的套路。

他自称少年,身体早已经长大,可内心的少年一直在沉睡。因为没怎么谈过恋爱,总会像个孩子一样,说很多的傻话,做很多会破灭的梦。一年又一年,时间仿佛只是交替,没有递进,他在少年的世界里,需要一次苏醒,谈一场少年之恋。

我们无法阻挡长大后的自己,在世俗的世界之外,却可以谈一场只有两个人知道的,少年少女式的恋爱。

·3·

他说："我们谈一场少年之恋吧。就像还不曾长大的那样，带着天真和傻气。"

她说："好呀，少年，单纯如初恋。"

他说："可我不会恋爱，什么都不会。不知道哪天什么节日，送什么花。不知道就算剩下一百块也要给你花。不知道秒回你，愿意吃你剩下的饭，才叫真爱……"

她说："以你自己的方式表达爱，不带世俗条条框框给你的负担，而假装很重视很认真的样子。喜欢一个人，用你最本真的方式去爱。"

他说："没了这些套路，还是不是恋爱。"

她说："只要我觉得OK，只要相爱，其他都是套路。"

·4·

她说："长大后的自己，变得功利，世俗，又要考虑周全。好怀念少女的自己，好想做很多别人看起来很傻、自己却很开心的事。我想在雨中漫步，和心爱的男生从东城走到西城，固执地相信那些童话可以实现，写粉色的日记……"

他说:"我陪你,一起幼稚。就算全天下都笑话你没个成熟的样子,装嫩,毫无意义,都会有一个人可以你让做回少女。一个人是会变老,但心保持青春,累的时候,卸下大人的面具,做个任性的少女。"

· 5 ·

他说:"孤独焦虑的时候,希望排解一些情绪,得到一些安慰,于是会发一些很矫情的微博和朋友圈,满满的负能量,但总是在天亮前就删掉。因为大家都在说,拒绝、屏蔽那个向你传播负能量和消耗你的人。可是,在少年的时代,就是喜欢写一些淡淡伤感的文字,那时很多人喜欢这种感觉。"

"为了显得不那么颓废,不断删掉自己的小情绪,假装很正能量的样子,把那份情绪隐藏在孤独里,丢进无数个黑夜,不去分享。"

她说:"那你以后就说给我听吧,我接受你的负能量。在功利的世界里,很多人希望交往、关注的人能够给自己带来有价值的东西,如果没有,便不愿意自己的时间被消耗。而真正对你好的人,愿意倾听你的苦恼,给你安慰。"

· 6 ·

她真想谈一场少年之恋,不要考虑那么多现实的东西,可以无忧无虑,天天在一起,管它有没有意义,明天会怎样。可她知道,这一切都是想象,每天还要活在世俗的世界里,过一种无法逃避的生活。

他说:"不要怕,在世俗的世界里,我们追求功利,努力让生活变得更好,活成大家该有的样子。而在另一个世界里,只有你和我,可以像少年少女一样,做很多很多的傻事。"

· 7 ·

现在是凌晨一点,她已经睡了。他不知道醒来后,这是不是一场梦,然后跨越一千四百多公里,去看她,像个少年一样,奋不顾身。

💡 那夜，在我怀中哭泣的女孩

2006年，小北在火车站睡了两天后，终于在龙虾店找了份工作。

晚上和一些人挤在潮湿的地铺上，他记得，很多次早晨醒来，发现身处一个陌生的城市，眼中总是带着泪水。

那时，他还没有手机，总往手机店跑，却一直没舍得买。

· 1 ·

七月的江南，总是三天两头下小雨，但太阳很快就会出来，整个街道看上去波光粼粼的。在一个午后，他又走进一家手机店，悠然地转来转去，时而会停下来，端详那些令他心仪的手机。这时，就会有售货员走过来，说些客套话。

每次,他都笑笑,说自己看看。大概,他不想浪费别人的时间。

可那些人总是不耐烦地问,是不是喜欢这款呀,便开始介绍功能。他摇摇头,继续看别的。对方就说,帅哥今天打算买吗。他不置可否,向别处看。

远远的,他看见一个漂亮的女孩,她穿着黄色的工作装,瘦瘦的,很清秀的样子,他忍不住想多看几眼,又不敢放肆。这小小的动作被女孩发现了,莞尔一笑,小小的酒窝镶嵌在她漂亮的脸蛋上,继而转身和别人聊天。

也许是无意更或者是有意,小北慢慢向女孩靠近,低着头不敢抬头去看她,佯装看中了一款手机,停在那里,心早已飞到了别处。许久,玻璃板上一个轻盈的身影向他缓缓走来,像轻飘而来的浮云,靠近,再靠近。

"你又来看手机啊。"

她开始说话,如他所料,但也始料未及。他有点得意忘形可表面却是羞涩的表情。

"嗯。"他回答,只是不明白女孩为何说"又来",明明这家店第一次来而已。

她双臂伏在玻璃板上,微微向前躬着娇小的身体,长长的头发垂泻下来。此刻的她,离他是那么近,轻轻挪动一下就可以触及她身体的某处，要是在以前他会本能地移开，这是一个怯懦男生的表现，这次他却没有动，任凭一个漂亮的女孩向他靠近。

女孩又站直了。

小北抬头看她，在他那有点放肆的瞬间，她并没有像其他女孩那样，将漫不经心的目光逃离他的视线，那睫毛下一汪如水的眼睛眨动着。

"我见过你，怎么今天打算买吗？"她掩着小嘴笑。这时她的目光移向别处，摆弄手里的手机，有点得意的样子。

他脸红了，像被调侃了，又像被看穿了一样。

原来，女孩曾在另一条街的手机店工作过，看见过他几次。这个男生土土的，傻傻的，看上去又很斯文，戴着眼镜，从不大声讲话，就像当初的自己。看得出他只看不买，可她又不想错过这单生意。也或者，她想和他说说话。

"那我怎么没有见过你？"

"你怎么会注意到我啊，我一个卖手机的！"她又靠近了些，那微腴但不丰满的身体，轮廓和线条恰到好处。

她穿着一双很干净的系带休闲鞋。在这个城市里他有个癖好就是老爱往人家脚上瞅，他对别人穿什么样的鞋子很感兴趣，他喜欢穿帆布鞋的女孩，特别是白色的那种，那时他还是个少年，不喜欢穿着高跟鞋扭扭捏捏的女孩。她又一次趴在他的面前，淡淡的香味飘在周围。

"你是做什么工作的啊？"

"我啊，我在附近打工，"停了停又说，"只是暑假赚点外快，顺便来江南逛逛。"他似乎没怎么说实话，想在女孩面前尽量有面子一些。

"大学生呀。"

"那也可能是高中生呢。"他笑。

"那是哪里人。"

"山东曹县。你呢。"

"苏北！"她只说了这两个字。

他不知道该怎么聊下去，装作继续看下面的手机，但余光一直在偷偷看她。他那臆想的奢望再次在脑海里纠缠。幻想她就是自己的女朋友，月光下可以拥她入怀，那散发着清香的秀发撒落在他的身上，软软的，像春风的抚摸，流水的滑落。

"打算什么时候买啊？"她问。

坦白讲，这些天他压根就没打算买，至于以后买不买还犹豫不决。很快，他又失落起来，她可能和其他售卖员一样，聊天只是为了卖手机，但想想也正常，只是他总是自作多情地容易幻想。

"这段时间可能还买不了。"他小声说。

她只是轻轻一笑,小北不知道她在想什么,会不会是失望,浪费了她那么多的口舌。

"那你有手机吗?"女孩问。

他愣在那里。

"等你要买的时候给我打电话呀!"

"我还没手机。"他十分尴尬地说。

"那要我的手机号不?"她再次问,怕他不明白,又解释说,"如果要买的话,我可以给你优惠,比在店里买的便宜,可以按进价卖给你的,保密!"她悄声说。

她把手机号写在一个纸上递给小北。

"对了,你叫什么呢。"

"夏怡沐。"

她并没有问小北叫什么。他有点失望。他把纸条放在口袋里,恋恋不舍地离去。

· 2 ·

生活一如既往,忙碌中小北过着很平淡的生活。

阿姨们说他刚来时很黑,大概是露宿街头的结果。店里的人觉得他有点特别，单纯得像个少年，没有别人的世俗气。

领班是个很厉害的女孩，她总是用命令的语气训斥别人，而对小北总是笑呵呵的，很是温柔。有时和她打个照面，她就老爱在他屁股拍上一把，并"小北小北"地叫着。

没事时，二楼的师傅和阿姨们就会坐在一起说笑，一群苏北人夹杂着方言，因为都是成人话题，他不太感兴趣，坐在楼梯上拿笔写东西。其实那段时间他在写一封信，竟写了一个月时间，写好了，却没有寄出去。

老板见了小北也总是笑呵呵的。他常对小北说："好好干，有才华，以后会有出息的！"小北当时很喜欢他这句话，很开心，所以会很卖力地工作，虽然相对于那些偷懒的人他并没有得到任何的回报。

不过，饭店里有几个人却不把小北放在眼里，一个是打荷的小王，不喜欢的原因大概是小王喜欢服务生玲玲，而玲玲似乎对小北有好感，尽管小北没当回事，但小王已经把他当情敌看待了。

另一个是戴眼镜的周飞，此人是小北的老乡，人家都说，"老乡见老乡，两眼泪汪汪"，可他一点都没感觉到。周飞喜欢对小北冷嘲热讽，总之就是："你再怎么样,现在都是端盘子的,装什么文艺少年,土得掉渣,什么都不懂,你的人生就这样了。"

那时,他总是无力反驳,周飞的话切中了他的要害,他还什么都不是,处在人生最落魄的时光里,除了不甘和满脑子的幻想,什么都没有,包括才气。但他又不在意,在即将长大的年纪,谁都说不好明天。

他还不想认命,像小王那样打算跟着师傅学点本领,争取当上厨师,以后开个小饭店,朴素简单又实在。可他并不想要这样的人生,他想去写字楼上班。

· 3 ·

当然,与往日不同的是,他开始对一个姑娘有幻想了。他看着纸条上的电话,把白天与女孩说的话都回想了一遍,这会不会是她给自己一个靠近她的机会,他不希望女孩只是为了卖手机。

晚上回到宿舍时,里面的人都在呼呼大睡。这是老板花600元租的两间平房,一间男的住,一间女的住,除了那扇门,并没有什么屏障。平常大家都是穿着睡衣、短裤走来走去,包括几个年轻的姑娘,能够看到她们若隐若现的春光。刚开始小北很不好意思,后来就习惯了。

不过，院子对面住着一对夫妇，似乎对这群"没素质"的人颇有意见，特别看不惯那些袒胸露背在公用水池边洗刷的男人们，不斯文。有时大家下班晚了，那女士听到这帮人嘻嘻哈哈的说话声，便会用苏州口音嘟囔两句。

这对夫妇，40岁左右，女人看上去像个语文老师，男人则老实巴交的样子，戴着厚厚的大眼镜，像某个科研室的技术员，不敢招惹外边的糙爷们。在小北心中，他们都是文化人，与周围的市井小民是不一样的，更与他们这些外乡人格格不入。

只是，小北不知他们为何住在这种简陋、嘈杂的巷子里，并天天忍受一群"没素质"的粗人。在他看来，文化人不属于这里（他那时还没房价这个概念）。当然，小北自认为自己与宿舍其他人也是不一样的，他有理想，懂得尊重别人，会关注别人情绪变化，从不大声喧哗，他似乎很想赢得这对夫妇的好感。

悄悄洗漱完后，小北就摸索到床边睡下了。其实，哪里有床呀，不过是两块木板，大家铺上毛毯就是床了，肩膀挨着肩膀，连翻身的空间都没有，不过在陌生的城市，有一个睡觉的地方，已经足矣。要知道，他曾经在火车站睡了两天，连行李都丢了，来到这家饭店时，真是一无所有了。

晚上，小北做了几个梦，梦里邂逅了一个美丽的姑娘，似乎发生了点什么，似醒非醒中，感觉一股热流从身体某处涌出。在还没看清女孩的面容时，就转入了另一个梦境，他的手机丢了，急得团团转，翻遍了所有地方都没有找到，那上面有女孩的电话。

小北醒来的时候，发现眼里有泪在流，而心情却很平静。他记不清是第几次了，常常早晨醒来时，会无缘无故地流泪，哪怕昨天是快乐的，哪怕没有梦到太伤心的事情。也许，这一切都源自内心深处的那份孤独。他算了算，自己离家已经几个月了。

早晨起床，感觉下面黏黏的，往里摸了摸，湿了，一脸的羞愧，趁人不注意换了条内裤穿好衣服就去洗漱了。对面的阿姨正出门上班，朝他轻轻笑了笑，就消失在黑洞洞的巷弄过道里。小北想，阿姨大概不讨厌自己，而是无法忍受屋里的这帮人。想到这里，他小小的虚荣心得到了一点点的满足。

"小北，快迟到了。"玲玲喊他。

· 4 ·

自从那次见到夏怡沐之后，小北总会想起她，那甜甜俏皮的笑在他的面前浮现，还有她那淡淡的芳香仿佛犹在，飘散不尽。各种胡思乱想，在他奔波不停的上下楼中，在他上班下班吃饭闲坐的空隙里，还有酣睡的夜梦中，他都能感觉到她的存在。偶尔他会情不自禁地笑起来，同事们便莫名其妙，说他是不是中邪了。

可他还是没去打那个电话，因为他没有打算买手机，也就没打电话的理由。那时他不会搭讪，不懂得怎么去追求一个女孩。

下班之后他还是往手机店里跑，有时只为能偷偷看夏怡沐一眼。

有时他想，可以追她吗，但又不知她是否有男朋友。

想了很久，在一次次鼓起勇气后，他还是跑到一个电话亭想给她打电话。他想知道她会有什么反应。或许她正等着自己的电话呢。

"喂，谁啊。"电话通了，他听到一阵嘈杂的声音，有音乐有笑闹。

"是夏怡沐吗。"

"是，你哪位？"

"那你猜呢。"他希望女孩能够猜到自己。但他却失望了，在她说了几个名字之后，依然没有想到是他。

"你到底是谁啊？"她有点不耐烦了，嫌他磨叽。他听到一对男女在跟着音乐唱歌，还有一个女孩在喊她的名字。

他解释了半天，她才弄明白，然后笑着说："嘿，是你呀，想买手机了吧。"

"不啊，难道除了买手机就不能找你聊聊天。"他尽量让自己变得幽默。

"哈哈。可以，只是我今天在KTV。"她笑了起来。

他还没去过这种地方，虽然这个城市满大街都是。

"在给谁打电话呢？快，该你们俩唱了。"他听到里面一个女孩叫她，而且那个"俩"字小北听得很清楚。

"你是谁啊？"一个男的抢来手机说，南方口音，两人说着话，很亲密的样子。

"对不起啦，他们在叫我，有空聊吧。"

"那你玩好。"他便挂了电话，怀着很失落的心情向巷子里走去。

明晃晃的阳光从巷子的一侧流泻进来，那高高破落的墙壁便暴露在阳光之下。独自一人在这幽长的巷子里面走，他看见那匆忙而过的行人，还有门前闲坐的老人，头顶的天空被密密麻麻晾晒的衣服所遮掩，风起的时候在空中舞动。

走了很久才到宿舍，院子对面的阿姨向他微笑，屋檐下她举着一把竹竿在晾衣服；宿舍里的人都在午觉中酣睡，他却没这个兴趣，在地铺上坐了会儿，便又起身向网吧的方向走去，他想写文章了。

忽然感到自己的心情忧伤了许多，也许是因为夏怡沐，更也许因为她让他想到了很多的事情，想起记忆里的人和这两年来做过的傻事。A和B是他世界里两个不同的女孩，他没见过她们，她们最后也从他QQ好友列表里消失，可他却始终认为她们是自己最好的朋友。

很多事情都无疾而终，他不知道为什么。

A说："友谊会随着时间和地点的变化而变化，我们也一样，人要不断地经历不同的人和事，难免也会淡忘一些人和事，这一切都很正常啊。你为什么就想不明白呢？"

他曾问B："如果把你的朋友分成A、B、C、D四个等级，那我会是第几级呢？"她毫不犹豫地回答说："或许只能是C级吧！"也许那是她的真实的想法，但对他却是个打击。

· 5 ·

自从给夏怡沐打过那次电话之后，小北很久都没去联系她，怕再次卷入自作多情的苦恼，人家可能是出于工作的需要给了手机号。何况,她现在应该有男朋友,自己根本没戏。

他还是喜欢往手机店里跑,只是没再进过她所在的那家商场。他拿着花花绿绿的广告在满大街的手机店里闲逛,他发现那些营业员对他的态度变了很多,除了问句"今天打算买吗",其他的一个字也不多说,爱理不理或者视而不见,那份热情早就没了。

一天晚上回去时,饭店几个女孩在门外的水池边洗衣服,玲玲正在洗头,看到小北,抬起头说:"小北你回来了呀。"她披散着头发,湿淋淋的,薄薄清凉的印花睡衣套在她略微有些丰满的身体上,下身一条黑色的短裙,小北甚至有点心动。

"嗯呀。"小北应付了一句,就朝房间里走去。

房间里烟雾缭绕,几个光膀子的男人正在打牌,一边吆喝、争论、打闹,一边喝啤酒。小北想起下午买的书,正准备看,却瞥见有一本杂志,这些医院免费的杂志是这些人业余时间重要的"精神食粮",小北原本对这些东西不屑一顾,可看到标题实在太诱惑了,忍不住看了下去。凤姐说,她爱看"知音",小北当时也爱看。

看累了,他躺着那里发呆。玲玲洗完衣服,端着脸盆走进屋里,看了看打牌的人,还对小北笑了笑,便转进里面的房间休息去了。他想，要不去追求玲玲吧，或许有希望。孤单的日子里渴望有一份爱情，可心里又不甘。

正在这时，对面的阿姨站在门口说，你们这么吵，怎么让别人睡觉。大家都愣在那里，几秒之后，张师傅说，好了好了，睡觉！

几分钟后，房间里便鼾声四起。小北睡不着，便起床想去街上逛逛。他喜欢一个人在大街上溜达，偶尔停下来坐在广场上或湖边的路灯下发呆。已将近十点，很多商店已经关了门，但酒店、酒吧、KTV之类的地方却不知疲倦。步行街里有一些人，还有牵着手的恋人。

他坐在一个长椅上看着那些过往的行人，猜想他们的职业。面前是群溜冰的孩子，他们在笑声中追赶着。

· 6 ·

"猜猜我是谁？"

突然，一双湿润的手捂住他的眼睛，他听到一个女孩在背后说。

"你是夏怡沐吧。"他脱口而出，连他自己都感到奇怪。

"哇喔！这都猜得出来。"放开手时，夏怡沐已经蹲在他的面前。

"因为除了同事,这个城市里的女生,我只和你说过很多话!"

"是真的吗?"她笑。

"当然,你不信吗?"

"那就信吧,好久都没见你了,没想到在这里碰到!"她一跃,像个兔子似的站了起来,坐在小北的旁边。

"怎么没再给我打电话?我可一直都在等啊!"她极其好动地踢弄着脚下的一个玻璃球,并没有抬头看他。

她为何期待自己给她打电话呢。小北默默地想着。

"我不知道说什么啊,以前最怕和女生讲话了。何况还没决定买手机。"

"嗯,看着也像,傻傻的样子。哈哈。"她总是那么爱笑。

小北没说话,看着身边这个好动的女孩。她的头发胡乱地扎着,青春有活力,时尚又动感,是玲玲不能比的,她是这个城市女孩该有的样子。

"你怎么老盯着人家看,我都不好意思了!"她用一只手挡住小北的眼睛说道。

他傻笑。

她放下手,也笑了,继而用小小的拳头在他的身上捶了一拳。

"会溜冰吗,要试试吗?"她抬头看着那群溜冰的孩子说。

"我不会啊。"

"你怎么什么都不会,笨!一定没女孩子喜欢你吧,你要活泼起来。"

说完她就跑过去拦住两个少年说了一阵子,然后提着两双溜冰鞋走来。还真佩服她的口才,而他却从来不敢,总是无动于衷。

"给,快穿上,过会儿还得还给人家呢。"她递给小北一双溜冰鞋,自个儿弯腰穿起来。又有点霸道地逼他穿上了鞋子。

小北被夏怡沐野蛮地拉到了广场中央,她甩开他的手,跑了几步便滑了起来,轻盈且灵巧的身体就如同放入水中的鱼儿,自由自在地任意穿梭。她一次又一次地侧着身子从他的旁边滑过,回头向他笑,而小北却像个木头似的站在那里,只要一动就像要摔倒的样子,吓得他不敢再动了。

忽然,她从背后拉了他一把,他便一屁股摔在了地上,而她的笑声荡漾在广场的上空。她停下来把小北扶起,开始教他,她就那样拉着小北的手。此刻他感觉自己是那么的幸福，虽然总是摔倒，肉疼肉疼的。

夏怡沐把溜冰鞋还给别人后，他们就又坐在长椅上休息。她离他很近，彼此靠在那里，触觉告诉小北，她的身体很热，是溢出的汗，湿湿的。热出汗的她，脸色红润了许多，这个时候的女孩也许是最美的时刻了，让他有某种幻想在萌发。她的一条胳臂搭放在木椅上，斜着身子扭对着他，他不小心便瞥见她那粉色的内衣来，便不敢再看她了，轻轻地闭上眼睛，想想也不犯罪。

"电话里的那个人是你的男朋友吗？"

"怎么问这个，你想追我呀！"她盯着他看。

"哪敢呀。"他不想承认。

"不过呢，你若是追我的话，可以考虑下。"

"我可会当真的。"

"哈哈，哈哈。"她没接话，只是那样笑着。

"其实我挺想谈一场恋爱的，真正的、现实中的、触手可及的。可我又不喜欢有结局的爱情，我太怕失去了。曾在博客上看到一个网友评论：我不怕一个人，我怕的是，有人闯进我的世界，彼此说了很多承诺，哪天她却头也不回地走了。"小北说。

"感觉你更像个女生哎，矫情。"她说。

"你会真心对一个姑娘好吗？"她又问。

"会的，只要她是喜欢我的。"

"那如果没有结果，或者她们根本就不喜欢你呢？"

"不知道！至少我不会的。"他在那里又忧伤起来。

"哦！"她淡淡说道，好像在想心事。

"你和你男朋友关系好吗。"

她没有说话，淡淡地笑了下，在她故作平静的瞬间，小北看见她的目光里流露出丝丝的迷茫和感伤。

她深深叹了口气，收起胳臂和小北并坐在那里。她看着那些过往的行人和一对对恋人们，眼里有点黯然神伤。她没有告诉小北她和男朋友的事，小北也没问。之后他们就默默地坐在那里，她还是离他那么近，触觉告诉他，此刻她的身体很凉很凉，他有点怜悯，似乎她更需别人的安慰和呵护。

"三年来我做了很多的傻事……"小北开始说A和B，她没有再说话，乖乖地坐在他的旁边，静静地听，不时还盯着他看，时而伤感时而微笑。

"那如果故事里有我，你也会这样吗？也会把我当成永远的好朋友吗？突然间很想做你的朋友。"

"会吧。"小北对她说。

"不骗我？"

"不骗你。"

"那如果我哪天也像她们那样淡漠了你,转头离开,你会恨我吗?"

"我不知道呢。"

她竟然在那里笑了起来,然后又在他的身上捶了一拳头,接着就把身子靠在他的肩上,他本能地想退缩,却被她轻踢了几脚。

"别动!"她嗔怒,依然霸气。

"不怕你男朋友看见吗?"

"见了又怎样!他可没那么纯情的。何况他一直在和别人暧昧。"

"他是做什么的?"

"是个研究生,还在上学。"

他不知道他们的故事,她也始终没讲,不知道她为何背着她的男朋友和他说这些话,或许她根本不爱他。

她和小北讲起了她的经历,和小北一样她也是个异乡漂泊的人。那年她考了个不太好的大学,家人怕浪费钱就没让她上,有人向她家提亲,爸爸就准备给她订婚了。但她不想过那样的生活,就跑出来打工。

当她怀着天真的梦想来到这座城市,社会真的没有她想象得那么简单,她看到了许多的虚伪和丑陋,也经历了很多人和事。慢慢地,那个天真的小女孩变了,也许是成熟了,更也许是她看透了什么。她学着适应这一切。

她不甘心一直活在平凡里,她积极融入这座城市的生活,学化妆,学穿衣服,认识各种圈子,体验各种生活,还学习英语,后来还找了个研究生男朋友,她想变得不一样,可依然不够优秀,被人看不起,经常遍体鳞伤。

"好累呀。"她带着一丝的疲惫。

轻轻地她歪在了他的怀中,像个无助的绵羊,而他却僵坐在那里,一动也不敢动,他的两只手不知所措起来,觉得放在哪里都不太合适,就像个木偶那样僵着。她小小的胸脯贴着他,他感到了来自她身体的微微颤动。她流泪了,但没有声音,只有她单薄的身体连同跳动的心在他怀中颤动。

他没有推开她,或者期待这种靠近。那刻,他的内心却异常平静和纯洁,没再有任何的幻想或纠缠。但他却感触着她的身体,柔软得如同浮云,在他的胸膛溢散开来。她满头的黑发在风起的时候吹打在他的脸上,感觉痒痒的,依然还是那股淡淡的香味,充溢在他的鼻孔。许久,他才松开僵麻的手,把她揽在怀里。如果这是他的女朋友,那此刻一定是他最幸福的时候了。

到最后她竟然大声哭泣起来,小小的拳头拍打着他的身体,他任凭她那样打着,而行人却看着他们,或许他们以为这是一对恋人。

不知道过了多久,她才停止了哭声,也许是累了,她开始唏嘘起来。他不知道她为何要哭,没有问她,但他却忘不了这个在自己怀中哭泣的女孩。她喜欢自己吗,她今天和他说的话又代表什么,她说可以追她,是真的吗。

夜深不知何时,他们才站起身来,准备回去。快分别的时候,他突然很想拉拉她的手。当说出来的时候,她恢复了之前的笑,说你这样说话会让女孩觉得你很傻的,怎么会有女孩随便让你拉手,哈哈。

但她还是主动拉起他的手,走了几米远。分别的时候,他们彼此向对方轻轻微笑,并没有任何的言语。她独自一人向广场的一端走去,孤单的身影渐渐消失在黑夜深处,他怅惘着,她始终没有回头看他一眼。

· 7 ·

那夜之后,小北发现自己喜欢上了那个在他怀中哭泣的女孩,这种喜欢让他更加想念她,并且时刻想要见到她。对,应该去追她!以至于,玲玲主动找他说话、想一起去拙政园逛逛,他都没心情回应。那时他满脑子都是夏怡沐。

他想马上再见到夏怡沐,然而当再去那家商场时,她已经不在了,同事说她早在几天前就离开了这里。打她的手机,听到的则是已经停机的提示。她像个天使一般出现在他的面前,跟他如此的亲近,却又突然间消失不见。他满大街地寻找她的痕迹,希望在那个广场还能够遇见她,等她再出现。

可能得不到小北的回应,玲玲和小王在一起了,看着他们牵着手走在下班的路上,甜甜蜜蜜的,他心里有点失落。当看到玲玲被领班骂哭、小王护她的样子时,他想,他们才是最合适的恋人,他羡慕他们,甚至是嫉妒。

生活依旧在平淡中忙碌着,小北没再去找夏怡沐,也许都是自作多情,每次都是。

小北终于决定要买手机了,当他拿着几个月的工资兴高采烈地走进手机店时,别人开始对他视而不见了,甚至有些冷漠。一个营业员对旁边同事说,他不知道来过多少遍了,光看就是不买,浪费我们时间。

讨厌!看着挺傻的一个人。

他尴尬地站在那里,匆匆逃离,从此,再也没逛过手机店。

有一天,夏怡沐又出现了,还主动找到他,可她已经决定要离开这座城市去上海,她说那里的世界更大。

小北有点兴奋又有点遗憾，他们向公园的方向走去，午后的阳光洒满整条大街，拥挤的车流像慵懒的人一般向前移动，仿佛那般疲倦。行人不是太多，他们走在路旁的林荫道上，这样的时光真好，可却那么短暂。

"你怎么知道我在这家饭店呀。"

"那天我坐车从这条街经过，看见你坐在门外的椅子上发呆，我向你招手，你没看见。"

"你后来怎么消失了？"

"你一直在找我吗？"她笑的样子一点没变。

"正想追你呢，却不见了。"

"就不怕我把你甩了呀。"她快步走前面，回头笑着叫他快点，小北便跟了上去。

他们沿着护城河，踩着碎石小道慢慢向前走，河水缓缓流过，时而驶来一条游艇，寂静的水面就热闹起来了，巨大的浪波一次又一次地拍打着河岸的乱石，连同水里的灯一同被吞噬蹂躏。

"我和他分手了，我主动提的。"她说，马上就被游艇的声音给吞没了。

"为什么呢。"

"可能他不那么爱我吧，我们之间有着很大的差距。"她脸上带着淡淡的伤，又很平静地说。

"他会难过吗？"

"这个世界好像就剩下你这个傻冒了。"她开始笑他。

游艇过后，河面又恢复了平静。这里其实是个依水而建的敞开式公园，有花有草，还有闲散的游人。江南的城市就是这样，到处都可以欣赏到美景，特别是岸边那一排排黑白相间古色古香的房子。

"我一直想问你，当初你给我留手机号，只是想卖我手机吗？"

"这个呀，如果我说，我有这样的想法过，你伤心吗？但是呢，又不完全是，至少想和你交个朋友。感觉你很有亲近感，很单纯，虽然带着一身的土气，还没有在这座城市活得体面，可我最初也是这样的。"

"卖给你手机，我确实能够拿到提成，这是实话。"她又说。

"还有那天晚上你说的话是真的么，还说可以追你。"小北急切地想知道答案。

"是真的呀，不然今天也不会来见你。还以为你会追我呢，要是你追我的话一定是件很好玩的事情！"她开心地笑了。

"你怎么就知道我想追你呢？"

"你老盯着人家看,又不好意思的样子,就知道你没追过女孩子。"她在小北的眼睛上摸了一把,湿热的芳香,她拍拍他的脸,然后又重重捶了一拳,还是那样野蛮不讲理,但在他看来却十分可爱。

"可那之后,你就不见了。"

"因为我又放弃这种念头了,"她停下来很认真地说,"我怕我会伤害你!你是个过于执拗的人,太认真,又太容易依赖别人。我只是想让你追我,觉得你这样的男生去追女孩子会很有意思,但并没打算做你的女朋友。往更深里讲吧,我们是同类,都从乡下来,不甘于现实,活得不堪,想过得不一样。我不想找个同类,我想找个比我更体面的人。"

"你真的一点也不喜欢我吗?"在沉默许久之后小北才轻轻问她。

"现在有点吧,但我要离开这里了,也许我们会成为很好的朋友。"她灿烂地笑了,阳光洒在她的脸上,仿佛涂上了一层明亮的光环,妩媚动人。

"你真美。"小北说。

"真会夸人,希望你能够成熟起来,别被别人骗了就行。"

"那我们可以成为朋友吗?"她等待着小北的回答。

"会啊。"

"其实我还骗了你,我不叫夏怡沐,真名刘春梅,是不是很土。"

"我也骗了你,我不是来实习的……"

"我知道的,哈哈。我们两个大骗子。"

小北送她去车站,分别时,她在人群里回头对他说:"我会想你的!"然后就被人群淹没。

小北在那里站了很久,才回去。

· 8 ·

一个月后,对面的阿姨说他们要搬走了,她和丈夫在郊区买了一套小二居室,这里房子要租给别人。她感叹终于可以远离糟糕不堪的生活,不必和那些人做邻居。她对小北说,你和他们不一样,然后递给他一张打印的招聘信息,说她朋友新成立的杂志社招编辑,没那么多限制,可以去试试,还推荐他加入一个文学交流QQ群。

小北终于决定离开那家饭店,开始找新的工作。

一年后,他离开了这座城市,去了北方。他不知道为什么要离开,就像不知道为什么要来一样。那天的雨淅沥沥的,但阳光却不曾被乌云遮挡,江南古城,像一幅水墨画,给他留下无限的美好。

忘了告诉你,A就在这个城市的某所大学里,那是一所传说中的贵族学院,小北那封信也是写给她的;他最终也没去找她,曾给她打过一个电话,除了她一句淡淡的"哦"!什么也不记得了。

也许她就是他蓦然回首中的某个女孩,也曾经擦肩而过,就像陌生人那样。

B曾问小北,如果哪天我成了沦落街头的女孩,那你还会继续做我的好朋友吗?他说会的!很多年过去了,也许她忘了,但小北还记得,而且永远都会记得。

后来,有人说他,你其实并不懂什么是爱情,你只是习惯了依赖和自作多情。

他想,也可能是这样。

·9·

2016年,小北去上海,他和一个女孩在南京路吃饭。在外滩路散步时,他似乎看到一个像夏怡沐的姑娘,她踩着高跟鞋,穿着一件价格不菲的风衣,优雅,时尚,高傲,身边有一个同样精致英气的男士。

他没上前询问是不是她,但却想起了十年前的那个在他怀中哭泣的姑娘,想她一定过上了自己想要的生活。有时他想,夏怡沐可能根本就没存在过,只是那年,他在陌生城市孤独时臆想出的一段邂逅。

小北还是那样,改不掉的傻气和土气。刚刚吃西餐笨拙的样子,被首次见面的姑娘说:"你在北京待了这么多年,也是见过世面的,怎么还像一个从乡下来的孩子。"

他笑笑,原来自己没怎么变,还像那个傻少年。

对于你的伤心，只能说声抱歉！

这是一个读者讲给我的故事。

·1·

三月的江南，还有点冷，古城里吹着风。

宿舍里只有我和玲姐，她正在化妆，一会就要去参加一个舞会。我那时还没有精彩的生活，像个土妞，不会打扮，没去过酒吧，喜欢去图书馆看书。我不知道爸爸为什么一定要花钱让我进这所"贵族"学院，他可能希望我变得更好吧。

宿舍的几个女生并不愿带我玩，除了玲姐。她教会我很多东西，并鼓励我大胆去尝试新的生活，毕竟这不是高中了，要学会改变。我很喜欢她，但我知道，现在的我还不敢和她成为闺蜜。我暗自下决心,一定要让大学生活过得不一样。

这时,宿舍的电话响起。我走过去接了,是一个男生的声音,找玲姐。这个声音有点熟悉,我想到是谁了。玲姐应该不想接这个电话,本来我可以帮她挂掉,但我对这个男生似乎有点同情。

玲姐走过来拿起电话问:"哪位?"

我看到她眉头皱了皱,停顿了一下说:"你有什么事情吗?"

玲姐有点不耐烦又很平淡地说:"哦,对不起,我帮不了什么。"

挂完电话,玲姐准备出门,并扭头说:"再有我电话,就说我不在!"

·2·

这男生是玲姐的一个笔友,他们写了三年的信,故事还没开始就结束了。玲姐曾对他说:"我还会做你一辈子最好的朋友!"在很长时间里她是他的一个精神和情感寄托。后来玲姐上了大学,投入新的生活中,就不愿回他信了。她希望那个男生也慢慢淡忘她,就像大家习惯的那样。

"你曾经闯入我的生活,给我希望,却又默然地离开!"

男生无法接受她的淡漠,可能他早已习惯了有她存在的生活,没有她的来信内心空荡荡的,找不到生活的动力,总觉得少了什么。等他感觉到玲姐不愿给他回信后,像个失恋的男生一样情绪低落,很想知道为什么,明明说好要做最好的朋友。

他总是说,没有时间所能淡漠的友谊,没有走过便遗忘的回忆。玲姐感到莫名其妙,无法理解他的心境。其实忙碌的生活让她学会了改变,大学里有很多有意义的事情等着她去做,对于这段友情,她已经没了兴趣,写信也成为一种负担。

玲姐对他说:"不能因为我曾经说过要做你的最好朋友,就一定要做到,很多事情都会变的,你不能绑架别人。谁在年少时没发过誓,没承诺过永远。如果你太当真,只能说明你还没长大。"

"不能说我是你的精神寄托,我就一定要继续充当这个角色。真没那个义务和心情。"

"你不能像个孩子一样有那么多的情绪,还总要问个为什么。要学会顺其自然。"

·3·

玲姐想,时间长了他就会明白吧,然后彼此消失在对方的生活里。而男生在失落中久久出不来,很想知道她的消息和一切。他通过我们学校的同学录,找到了我们的宿舍资料,上面有我们一些信息。有一天,有人加我QQ,问我认识玲姐吗,我傻傻地就把玲姐的手机号给了这个男生。

后来,他打宿舍的电话找玲姐,问她为什么不愿理他了。玲姐说自己很忙,没时间写信,让他过好自己的生活,别想太多,然后说要上课了,便挂了他的电话。可男生却一遍遍打,想知道为什么。玲姐不想说太多,就拒绝接听。

宿舍电话找不到人,他就一遍遍打手机,玲姐就一次次按掉,后来干脆关机。可开机后,他依然在打。

"这个人简直疯了,不可理喻。"玲姐对我们说。

后来玲姐实在受不了了,就接了他的电话说:"不要再烦我了,我有我的生活,你不要这样幼稚行不行。你再打,我就报警了!"

从那以后,男生真的没有再打过。我想,玲姐最后的话击碎了他的幻想,也让他知道自己开始让人厌恶。

后来,他不知为何一个人跑到这座城市,露宿街头,就在刚才给玲姐打了这个电话。玲姐对他的到来很冷淡,包括拒绝给他介绍一份工作的请求。

他在QQ里对我说,可能太想让她知道自己来了。但他知道,这样博同情只会让她觉得自己超级幼稚、可笑、不可理喻。

他们再也不能做朋友了。

所以,玲姐宁愿做个冷漠的人,也不给他任何幻想。对自己负责,就得背叛青春时的幼稚。对于他的伤心,只能说声,抱歉!

· 4 ·

但我对这个男生是有点同情的,因为一直以来我也有一个情感的寄托,他是我高中暗恋三年的男生。不同的是,玲姐让我学会了告别过去,学会成长。我知道,我也背叛了自己的青春。

上个月,我找了份家教的工作。一个周末,我工作到很晚才回去,一个人在公交站等最后一班车,又冷又静,我很害怕。就在那时走来一个人拍了我一下说:"嘿,你怎么在这里。"我转头看到了高中同学刘健。他咧着嘴笑，高高的个子，穿着黑色的风衣，很痞很帅。

我的恐惧一下子就没了，甚至很兴奋，没想到还能遇见他。

刘健送我到了学校，一路上说了很多话，比我们三年来说过的话都多，分别时加了我的微信，还约我下次见面。我那颗少女心再次被点燃，这么多年，他在我心中都是不一样的存在，寄托了中学时代我对爱情的所有幻想。

那时我渴望爱情，却又羞于表达爱情，更不敢追求爱情。我只会默默对一个人幻想，让他住进我的心里。刘健就是那个少年，我会关注他的一举一动，到处寻找他的身影，期待与他在路上邂逅，一旦看不到了，就莫名地失落。

可我们没说过几句话，他是我埋藏在心底的秘密。

刘健谈不上优秀，也谈不上阳光，有点痞，喜欢和后排的那些男生混在一起，抽烟、喝酒、逃课上网，和班上活跃的女生打打闹闹。可就是这样的少年，在某一个瞬间让我心动了。多年之后，我脑海中依然会浮现出他在篮球场上投篮的样子，阳光下很帅很酷，我偷偷地为他助威加油，拍下他的瞬间。

可我却和他保持很疏离的状态，明明很喜欢，却可以像陌生人一样对他。天知道我只是不想看他继续堕落的样子，希望他能够变好，成为阳光向上的好少年。然而他并不知道我的期待。

尽管他不那么优秀，我还是不断幻想和他恋爱的样子。暗恋久了，总希望对方知道，并无数次幻想自己向他告白的样子：我穿着白裙子，在樱花树下，说出自己的秘密。而他看着我，含情脉脉说：其实，我也喜欢你很久了。

但直到毕业，我也没表白，他也没追求我。我想，可能再也见不到他了，那个漫长的夏天，我十分失落，像失去了什么。我考上了省重点，而他的成绩连三本都没希望，不知道毕业去向。我一度让自己忘掉他，因为大学在等着我。

· 5 ·

我把这件事告诉玲姐，她劝我不要幻想，说我们不合适。

可我还是忍不住去见了他几次，聊聊天，吃吃饭。当我真正靠近他，那种感觉反而越来越淡，越是了解他，越抗拒与他的可能性。我才发现，一直以来我对他的内心一无所知，只是一味地想象罢了。

他高考成绩一般，在苏州上了一所职业学校。现在的他依然很堕落，没什么理想，经常逃课在宿舍打游戏，对他来说，不过是换个地方混日子。看到别人恋爱了，就想找个女朋友，然后就遇到我了。

可我们的三观不合呀，我们没共同兴趣呀，即使在一起我也忍受不了他抽烟颓废的样子。我努力说服自己，他配不上我，这不是我想要的爱情。除了年少时的那份感觉，在他的身上没有我欣赏的东西。

最后一次见面，他送我回去，夜色很美，街上很多情侣走过，甜蜜得让人羡慕。他慢吞吞地走着，时不时看我一眼，试图拉我的手，我假装没看见，把手机掏出来拿着。我曾经无数次幻想这样的场面，幻想和他牵手走在大街上，此刻却抗拒了。

回去之后，我拉黑了他的手机和微信。我怕自己心软，怕自己太幼稚。

玲姐对我说，你那时的喜欢只不过是一种感觉而已，这种感觉是不真实的，不过是一种爱情的幻想。因为我们总是渴望甜美的爱情发生在自己的身上，所以会在生活里刻意寻找那个人的存在，至于为什么要喜欢他，自己根本不清楚。你只是需要一个人，填满自己爱情的幻想。

我背叛了青春的那份暗恋，对那时的自己说声抱歉。

·6·

我开始积极投入新的生活中,加入了学生会,竞选了班干部,过着忙碌又精彩的生活。我努力让自己蜕变,丰富自己,融入大家的生活。无论喜欢我的,不喜欢我的,我都保持微笑。

我依然是宿舍里最穷的女生,但我不再自卑了。玲姐也成了我最好的闺蜜。

我后来曾经见过给玲姐打电话的那个男生,对玲姐他早已释怀。

我也会想起刘健,不知道他现在变成了什么模样。

而我,找到了我想要的爱情。

地铁口唱民谣的老人

· 1 ·

每次路过二号线一个出站口,总能看到一个卖唱的歌手,他就像上班一样,每天都在。唱得的都是《成都》《董小姐》《农夫渔夫》《借我》《北方女王》《我想和你虚度时光》这类的民谣。唯一有点岁月的歌是《孤独的人是可耻的》。

这样的歌手在大理、丽江、南京路,在后海的酒吧里随处可见。你想这个应该也是年轻人吧,事实上,他却是个五十多岁的大叔,头发都白了,穿戴也特别普通。如果不唱歌不弹吉他,他与公园里那些跳广场舞、下棋、练太极的退休大叔并无二致。

这个岁数的人,难道不是拿着手风琴,唱革命歌曲,唱美声,唱戏,唱苏联歌曲,唱90年代的流行歌曲吗?

可是,他唱的却是孙子辈的歌曲。

每次路过那里,我都会听上一会,最近他开始唱《春风十里》。虽然他的嗓音不够清澈,吉他弹得也马马虎虎,但朴素不做作。从地铁出来的人,有时会抬头看他一眼,有时停下几秒来听一听,也有人走近和他闲聊,大部分人还是匆匆而过。

我对他充满了好奇,想把他写进文章里。在一个傍晚,我走向他,放下一百元,静静听他把歌唱完。他抱着吉他,坐在折叠椅上,抬头朝我笑了一下,于是,我们攀谈起来。

· 2 ·

他叫北山。

1987年,他三次高考落榜,家人说别考了。他接了父亲的班,成为县城酒厂的一名工人。那是全县最好的酒厂,工作稳定,待遇好,很多人年轻人都想挤进去。他父亲在酒厂干了一辈子,做到了副厂长的位置顺利退休,想把这个饭碗给儿子继续吃下去。

但北山并不喜欢这份工作，他脑子里有很多稀奇古怪的想法，想做生意，想考电影学院，还想唱歌，但都被大家认为是不务正业。他们说酒厂的工作多好呀，每月都有工资拿，不用投入风险，不会失业。努力表现，还能当上主任、科长、厂长，甚至能调到政府当官。

那时，大家都是这么进行人生规划的。

无奈，北山只能去酒厂上班。带他的师父脾气暴躁，总是说他这不对那不对，而他觉得师父也不一定对，不想听。师父不喜欢他，领导也烦他。他越来越觉得生活的乏味，每天都在应付，就像他应付相亲一样。

他不知道明天会怎样，但似乎明天早就一眼望到了边。

为了给枯燥的生活找点乐趣，他开始听港台的流行歌曲，买各种杂志和小说看。1988年新年，他在表哥从北京带来的磁带里，第一次听到了摇滚，一下子就迷上了这种音乐，更对北京产生了向往。

表哥说，北京是个好地方，那里聚集着很多有梦想、有朝气、有激情的年轻人。表哥不是混文化圈的，只是在北京摆摊，兜售从港台倒卖过来的各种小玩意，有时还会当群众演员，或者帮乐队演出打杂。

被表哥这么一说，他也想去北京看看，尽管不知道去了能干什么。

· 3 ·

过了年十五之后,北山就偷偷跟着表哥坐火车去了北京,这让他有一种逃离的感觉。这是他第一次走出他们县城,去的还是首都。那时的北京还不像现在这样,一切都井然有序,但又暗藏着生机,年轻人蓬勃有朝气,憋着一股力量想释放。

他去了长城,去了天安门故宫,去了北大、清华,去了很多他想去的地方。

逛完这些,就是如何生存的问题了。一开始,他跟着表哥卖东西,后来在剧场找了一份拉大幕的差事,偶尔也去给其他演出打工,都是体力活,虽然累,每天也是乐呵呵的。那时,他还没人生规划,先活下来再说。

在剧团拉幕的时候,北山认识了小梅,那时她19岁,家在北京顺义后沙峪,当时还是北京的郊区。本来小梅可以在顺义县城谋得一份体制内的工作,可她不想干,一心想当演员,想唱歌,就跑到北京城里来了。

小梅没找到唱歌的地方,也没当上演员,偶尔在剧组跑跑龙套。后来就来到这个剧场当演员,属于路人甲那种,有时伴舞,有时伴歌,大部分时候是个背景板,在观众眼里没什么存在感。

她说,来年准备考音乐学院。

·4·

北山比小梅大几岁,平常很照顾她,两个人就经常在一起聊天。他们发现自己都有同样的处境,又有同样的爱好,比如喜欢那些摇滚歌手。于是,北京有乐队演出,他们就一起去观看,跟着呐喊,有时也哼几句。

小梅说,她也想当摇滚歌手,但那时她只会唱流行歌曲,不懂乐谱,也不会乐器。

北山和小梅一样,也什么都不会。

当不了歌手,只能疯狂爱上唱摇滚的歌手,她那时喜欢窦唯,还有一些他现在已经忘记了名字的歌手。她喜欢他们张扬的激情,喜欢他们自由的不羁,喜欢他们浑身散发的文艺气息,也试图走进那个圈子。

后来,小梅和一个乐队的鼓手谈起了恋爱,但很快就分了,或者说被甩了。他们身边的女孩子太多了,她又是那么的不够出色,无法真正地走进他们的世界,成为他们的一员。她很伤心,但还是疯狂地喜欢他们。

北山那时很喜欢小梅,想和她一起在这座城市里打拼,可自己又什么都不是,不敢去表白,只能对她好,在她失恋的时候陪着她,安慰她,还差点把那个鼓手打一顿。但最后,他还是忍不住向小梅表白了。

小梅没拒绝,也没接受。她说:"如果你成为那样的歌手,我会考虑的。"

北山说:"我努力看看。"

· 5 ·

从那以后,北山在工作之余开始自学乐理,学乐器,学唱歌,学创作,但总是不得要领,于是他就去乐队打杂,到处请教,拜师,还跑到音乐学院与那些大学生做朋友。他一点点学,小梅就是他的动力,小梅看他这般努力,对他多了些温柔。

一切看上去是这么的美妙。

后来,北山学会了吹笛子,加入了一支不出名的乐队。

小梅说:"等你写出第一首歌,并登台演唱的时候,我就做你女朋友。"

北山说:"我会努力的。"

然而，北山没有等到那天，就被迫离开了北京。有一天，演出结束，一群人去夜市喝酒，回来的时候已经是深夜。他醉醺醺地走在大街上，被一群警察盯上了。

一个警察问："哪个单位的，做什么的？"

北山说："我没单位，在乐队吹笛子。"

警察撇撇嘴："你不像北京人，哪里来的，暂住证拿出来看看。"

北山说："我没有。"

他说，那一天他没来得及和小梅告别，没来得及收拾行李，就被带到了收容所，然后第二天又被塞上火车送回了家乡。

·6·

"你后来又去北京找小梅了吗？"我问他。

大叔说："没有。"

回到家后，他曾想再次去北京找小梅，可被家人看得死死的，一步都走不开。那时，父亲得了大病，哥哥在当兵，家里没有一个男人不行，在诸多无奈下，他放弃了去北京的想法。在爱情和亲情、责任面前，他选择了后者。为了爱情不顾一切，他真的做不到，何况他和小梅还没开始有爱情,他的才华也不足以成为一名出色的歌手。

他渐渐就妥协了,选择最普通的生活,与一个不熟悉不爱的女人结婚,然后生子,努力赚钱养家。一开始他还想坚持音乐,可在那样的环境里太异类,格格不入。何况生活压力太大,又遇到酒厂倒闭,北山成为下岗工人,努力赚钱变得很现实。

大叔说:"有时想继续自己的爱好,又总是在三分热度中没坚持下来。一晃很多年过去了,除了吹笛子,音乐水平一点都没进步。"

这让我很有感触,就像现在的很多人,心中有很多的梦想,想变得优秀,想写作,想看很多书,想画画。可每天上班忙碌,挤地铁,做兼职,好不容易周末了,又想休息、出去玩。心里有很多的计划,最终都没有抵得住庸碌的生活,一切都停留在开始的阶段,没持续,没提升。

我认识一个作者,曾经是个文学青年,可毕业后成了"枪手",写各种不喜欢的稿子,工作中写,也接私活写。每当想写点正经的东西,想在文学上有所进步,却为了能多赚钱,依然在写烂文章。从二十岁写到三十岁,虽然攒够了首付,可正经的文章没写几篇,一切还在原点。

可能，我们大部分人都是在这样的状态下，变得平庸了吧！

·7·

这些年，大叔的孩子都大了，压力轻松了很多。本来，他可以像公园里的那些人一样，下棋聊天，散步到处溜达，或者继续赚钱养老，或者去带孙子。可他并不喜欢这样的生活，他想找回最初的自己，重新开始。

这二十三年，他荒废了太多的时光，不想再荒废下去。他想唱歌，想学音乐，他怕再不做点自己喜欢的事情，就真的老了。年轻时喜欢摇滚，现在不喜欢了，他开始喜欢民谣了，他说，这让他有种年轻的感觉。

他说："如果你热爱，什么时候出发都不晚。"

于是，他就一个人来到了北京，学会了吉他，又学着唱民谣，下一步的计划是创作自己的歌曲。说这话的时候，大叔满脸的自信。

我问："这么多年，你想小梅吗，或者说，你来北京，是否为了再次遇见她。"

他笑着说："生活不是言情小说，早就没感觉了。"

但他却希望在时空中遇见那个19岁时的她，对她说：

"我学会了弹吉他学会了唱歌,马上我就要写出自己的歌。我想要唱给你听!"

当然是遇不到的。能做自己热爱的事情,他现在很快乐。

第七章
生活有时折磨了你,请别放弃

⑦

对不起,当初狠心放弃

那天,小志鼓起勇气,想要向小薇求婚。

11月10日,是小薇离开北京半年后要归来的日子,也是他们的恋爱纪念日。三年前,在光棍节到来的前一天,她答应了他的追求,终结了他长达二十一年的单身史。小薇开玩笑说:"看你也不坏,挺可怜的,就给你份爱情吧。"其实,她很喜欢小志。

为了这天的求婚,小志准备了很久,花光了几个月的薪水,买了一枚戒指,想要戴在小薇的手上。他幻想了很多美好的画面,就像之前他们约定的那样。既然现实有很多的残酷,不如早点嫁给爱情。

那时,他们都穷,刚刚毕业没什么钱,在诺大的城市里奔命,蜗居在小小的二层地下室,没钱,却很快乐。他们筹划着明天,要在北京生存下去,赚很多很多的钱,买大大的房子。他们发誓要永远在一起,无论有钱没钱。

"你知道吗,在我们那里,没有二十五万的彩礼姑娘是不嫁的。"

"可我娶不起,怎么办,我只有一万块。"小志也笑,但很愧疚。一个姑娘愿意不在乎你的一切,甚至愿意裸婚,却也证明你还很失败。

"谁让我愿意嫁给爱情呢!"

"等我再赚一万块,买得起一枚还算体面的戒指,就向你求婚。"

"嗯。"小薇点点头。

在那个寒冷的夜里,他们相拥而眠,感觉生活是如此的美好。

· 2 ·

实际上,小薇有来自父母方面的压力,那句玩笑不是假的,在他们那里,二十多万的彩礼很普遍。邻居和亲戚的姐姐妹妹们都是这么嫁出去的。关键是弟弟去年结婚,彩礼也没少给,加上买房,花了父母半生的积蓄。

作为父母,自然不想让女儿吃亏,要嫁得有尊严,有面子,所以,他们不支持女儿去北京,不支持她和小志交往，希望她能够回家，考个公务员，当个老师，然后找个旗鼓相当的人结婚。

门当户对，多么的俗气，又是多么的理所当然。

小薇有个中学同学，张小江，追了她很多年，对她很好，人也不坏，重要的是家境优越。小薇父母很想让他们交往，小薇也不讨厌张小江，但就是没感觉。如果人活着只是为了生活，即便衣食无忧，也觉得没意思。

每次回家，都少不了被逼相亲，被父母各种唠叨和教育，小薇都想办法应付。张小江约她，能不见就不见。

"如果你爸妈真不同意咱们，嫁给张小江，也是不错的选择。"小志说。

"你说什么呢，"小薇打他，"你放心，我跑不掉的，你看，我都以身相许了。"

虽有女友的承诺，作为一个男人，就算有女人愿意跟你吃苦，也不能觉得幸运。他怕有一天，这一切都是一场梦，醒来的时候，她已经离开。新闻里说，多少恋人，因为房子、彩礼分道扬镳的。鸡汤文也说穷男人是没资格结婚的，你不够努力，不够优秀，怎么给女人有质量的爱情和婚姻，做不到就别恋爱了。

所以小志拼命工作，做各种的兼职、家教，网上卖二手产品，有时还摆摊。

· 3 ·

小志早就赚够了戒指钱，半年前，小薇却突然被妈妈的一个电话叫回家了。其间回来过几次，但又匆匆回去。小薇并没有告诉他发生了什么事，也不确定什么时候回来，只是让他放心，她需要在家里待一段时间。

他隐约感到，女朋友家里应该遇到了什么事，她不说应该也有难言的地方，就毫不犹豫地把手上仅有的两万块都打到了她的卡上，希望能够帮到她。

女友在微信里说："你不用给我打钱，我没事的，别担心，何况那是你仅有的钱，还得在北京生存呢。"

"没事的，钱没了，还可以挣，虽然我不知道你遇到了什么事情，但希望能帮到你。"

小薇就没再说什么。

小志更加努力地赚钱，他每月会把收入的一半打到小薇的卡上。一个朋友揶揄他："你就不担心女朋友从此不再回来，钱也要不回来？或者她没遇到什么事，只是接受了家里安排在相亲。"

"不要瞎逼逼，怎么可能，小薇不是那样的人。"小志很生气，他不允许别人亵渎他们的爱情。

"万一是真的呢？"朋友还是想提醒他。

"那我也心甘情愿。"

他不愿怀疑一个自己深爱的人,只会在每个孤独的夜晚辗转反侧,无尽地思念。他想和她说很多很多话,想知道她每天都在做什么,哪天回来。可他又不愿太打搅她。有时会梦见他们分手了,但他相信,那只是梦。

· 4 ·

几个月过去了,小薇还是没有回来的迹象,打给她的钱,又渐渐地被她打了回来。她说不用再给他打钱了,真的不需要钱。小志问她什么时候来北京,小薇不置可否,说还有一些事情在做,还要等等。

他不愿怀疑,可种种迹象又让他越来越没安全感。两个人亲密度的变化是能够感知的,以前她喜欢在朋友圈分享两个人的小甜蜜,各种秀恩爱,现在她开始转发各种鸡汤文了。之前给她发消息,都是秒回,有着说不完的话。现在等待的时间越来越长,而评论经常没有回复。他不想怀疑,却开始变得焦虑,胡思乱想,真怕朋友的话会变成真的。

有一天,他有意无意地问:"是不是你爸妈不让你回北京了,让你在家结婚。因为这段时间以来,我感觉咱们变得淡漠了,你越来越不爱说话。"许久,她只回了两个字"没有"。放在过去,她一定会解释或者给小志吃个定心丸,可她似乎不愿说这些了。

到底发生了什么,小志陷入了不安中。另一个不好的消息是,他的一个同学与小薇在一个地方,他说曾看到小薇和张小江一块吃过饭,还见过张小江开车送她去医院。

小志的不安变得强烈起来,但他宁愿相信这是假的,是自己多虑了,他们是老同学,张小江一直对她不错,见面吃饭,开车送她到医院,都是很正常的事情。至于为什么小薇对他冷漠,也可能生活中或家中遇到了不开心的事,情绪不是很好。

他依然等待着她的归来,向她求婚,好好努力,让她过上有面子的生活。

· 5 ·

在家待了半年后,小薇终于说要回来了,11月10日,正是去年约定求婚的日子。小志想,看来一切都是多虑的,她还是爱自己的,不该怀疑这份爱情。他买好了戒指,把房间打理干干净净,就像她在的时候一样温馨。

11月的天,渐渐有些凉了,小志的内心是却是无比的欢快、热气腾腾,早早就去北京西站接小薇。等了两个小时,终于在出站口看到了久别的恋人,她瘦了,憔悴了,但还是那么的美,让他想亲近。

他飞快地走过去,把她紧紧抱在怀里,欣喜又想哭,说道:"你终于来了。"

"这半年你过得还好吗?"小薇问。

"很好,很好,走,咱们回去。"

他们打车回到了住处,放下包,小志拿上戒指,拉着小薇要出门,他想要找个高档的餐厅和她一起吃饭,然后向她求婚。小薇却坐在那里不走,说:"我不想去,咱们先在这里坐坐吧,有话想和你说。"

"你忘记了,去年咱们约定,今天就向你求婚。"

"我记得。对不起,小志,我不能答应你的求婚了。"

"为什么?"那一刻,小志像掉进巨大的黑洞一样,仿佛整个身体在坠落。

小薇低着头:"我准备和张小江结婚了,就在年底。"

一阵沉默,小志看着她。

"我不信,不信。"小志开口说道,他宁愿是在梦中。

突然,小薇站起来说:"咱们分手吧,真的,我不想骗你。我现在不想裸婚了,不想过没质量的生活,在北京我看不到未来。如果我只对你一个人好,这样的我是自私的,是幼稚的,我还有父母,有弟弟,不想因为我的任性,让大家失望。"

小志不说话,故事变得俗套,像写好的狗血剧一样发生在他身上。他不愿意接受这个现实,眼前的姑娘变得陌生起来。过去的她,讨厌那些世俗的东西,不嫌弃他的贫穷。他们还一起吐槽那些鸡汤文的功利,吐槽别人标榜物质,三观不正。

"你变了。"

"是的,我变了,我现实,我功利,我伤害了你。"小薇似乎想用冷酷和决绝的态度,击碎他的幻想,让他接受现实。

小志抱着她流泪,哽咽,像个孩子一样无助。整个那一天,他都在试图挽回这段感情,说了很多很多的话,直到沉沉地睡去。醒来的时候,发现小薇已经不在了,微信留言说:

"忘记吧,我不是个好姑娘,对不起!"

·6·

分手后,小志沉沦了很长时间,后来工作也辞职了,一个人去旅行。他恨过小薇,后来又恨自己。怪谁,你一无所有才被抛弃。他似乎心里堵着一口气,一定要活出一个样子证明给她看。

从云南回来之后,他就琢磨着做点事情。有一个做公众号电商的朋友找到他说:"我正在创业,一起干吧。"他想了想,就加入了,把自己仅有的几万块都放进去了,他想好好拼一把,输了就回老家。

宣传,写文章,组建团队,进货,卖货,两个人干得热火朝天,但他们那点钱很快就无法支撑团队的运营了,那时他们的公众号刚刚有了起色,订阅不断在增长,订单很多,资金却要断了,账号上的钱,要么先进货,要么先发工资。

没办法,他们只好借钱维持运营。在一筹莫展时,小志的银行卡里却突然被汇进十五万,查了查,是个完全不认识的账户。他想一定是别人汇错了,或者银行操作失误,这钱不能动,可能很快就会被收回。

可是,一天、两天过去了,半个月过去了,那钱还躺在那里,银行也没打电话。居然有天上掉钱的事情,老天要帮自己渡过难关?还是有人汇错了,没发现?那时他想,要不先借用一下吧,等公司情况好转了,再还回去。如果这期间对方来要,就说误以为客户打来的,以后会想办法退还。

这笔钱让团队得以继续运营。没想到,公司发展得很顺利,业务量不断增长,受到投资人青睐,估值几千万。朋友在资本进来后,拿着一笔钱退出了。小志继续开疆扩土,接着做了APP,又做了电商平台,几年之后,成为国内在细分领域的知名电商。而平台的名字,他起了"志薇商城",几年前,他和小薇说,以后要开一家叫"志薇"的公司。小薇说,好难听,小志笑着说,我就是想让全国人民都记住咱们的名字。

小志成功了,很想让小薇知道这一切,甚至问问她,后悔吗。可他得不到回应,分手后,小薇就仿佛从这个世界里消失了一样。

她会在新闻中看到自己现在的一切吗?他不知道。

· 7 ·

这些年,他一直单身。在三十多岁的时候,爱上了一个三线女星,对方很快就答应了他的求婚。当你足够有底气，追求爱情才变得毫不费力。有人说，女星不过是看上你的地位和钱，会真的爱你吗？他说，如果我没钱，依然娶不到爱情，都一样。

只是这段婚姻没有维持两年就结束了，女星又爱上了首富的儿子。有时他会想念小薇，如果当初她没有离开自己，有爱情，有事业，这是多么完美的生活。

一天，助理和他说，有个人想见他，一问名字，居然是张小江。

张小江是来找他借钱的，说小志当年欠他十五万，同时也告诉了他故事的另一个版本。原来，当年小薇的爸爸得了一种重病，住院了，不仅需要人天天照顾，还需要大量的钱，得到消息小薇就匆匆回家了，那半年时间里都在陪家人，以及想办法筹钱给爸爸治病。可他们家已经没什么钱了，只能到处借，她打各种的临工，还在网络上发起募捐。

至于她为什么没有告诉小志这一切，她那时不想让他也背负这种负担，何况男友很穷。她盼望着能够挺过这场危机，还能回到小志的身边。可现实的重担向她一步一步压来，爸爸的病需要高昂的费用，最后没办法卖了房子，可依然不够。

张小江对他们慷慨解囊，借钱给他们，再次向他们家提亲，并表示如果结婚，一定帮他们渡过难关。妈妈就劝说小薇接受他，小薇最初是拒绝的，可妈妈天天哭，再看看目前的情况，想想爸爸的病，她打算接受这份婚姻。

所以她就不想再让小志给自己打钱了，怕亏欠他太多。小志越是对她好，越是让她难受。所以她变得有些逃避，不再那么亲密和小志互动，不是不爱了，是不知道该说什么，内心在挣扎。

想了很久很久，小薇只能牺牲爱情，决定和张小江结婚。但到最后，小薇也没有告诉小志到底发生了什么事情，她想让他认为自己是爱上物质才抛弃他的，这比让他背负一生的愧疚，痛苦更小一些。

但嫁给张小江的时候，她有个条件，就是借给小志十五万。她那时从朋友口中得知，小志遇到了困难，想帮他。

"她现在过得还好吗？"

"我们离婚了！"张小江说。

小志给了张小江一百万，算是感谢这人曾经帮助过小薇吧。走的时候，他从张小江那里知道了小薇的手机。几天后，就拨通了电话，听到了久违的声音。

"对不起，当初那么狠心放弃！"电话里，小薇重复着这句话。

"不恨你,只怪你没有告诉我真相,我没能好好帮你。"

那天他们聊了很多很多。最后小志问:"我们还能重新开始吗?就像最初的那样。"

"可生活早已改变了一切……"电话那头,她说道。

💡 她为"丑颜"感到骄傲

这是网友阿君讲给我的故事:

· 1 ·

前些天,我看了范雨素的文章,很有感触。很多人批评她没有文学性,我不太在意,至少她带给了我感动,这比什么都重要。面对生活她很勇敢,无论在什么样的处境里,都不气馁,从未放弃对生活的热爱,这样的人普通而有生命力。

因为我也想做一个像她那样的女子,放下心中的自卑,接受自己的不漂亮,坦然去追求自己喜欢的生活。甚至,我还会因为自己的丑而感到骄傲,因为丑比较安全呀,坏蛋想劫色都没那个心情。

这是真事。刚毕业时,我一个同学说她在南京找到一份月薪八千的工作,想介绍我进去。我那时正愁就业,就坐了两天的火车,哼哧哼哧地去了。下车后,被她领到郊区的一个房间里,然后被限制了人身自由。

我明白自己进入传销窝点了,想走掉,却不能,他们逼我入伙,各种洗脑、拉拢,我就是不从,嚷着要出去。然后他们就各种骂、打,各种威胁,我还是不想加入。后来折腾累了,有人提出要非礼我。

一个老大看了我一眼说:"这么丑,连扫地的小妹都不如,你们也有兴趣?"

其他人打量了我半天,最后放弃了这个邪念,然后就把我放了出去。想想挺搞笑的,丑到都没人会非礼。那一刻,我从未对自己的丑颜感到如此的骄傲!

长得丑有时候也是一种保护色。这是多么讽刺,又是多么幸运。

· 2 ·

我之前对自己的相貌并没这么豁达,在很长一段时间,我嫌弃自己,自卑、怨天怨地。其他姑娘,都有含苞待放的青春,花枝招展的,有着少女应有的模样和气息,可我的青春期却一点不少女。

那时我是个胖子，160斤，浑圆浑圆的，还满脸的青春痘，丑到爆。

我很自卑，只想做个安静的女生，可外形让我成为大家眼中的焦点。他们嘲笑我，捉弄我，男生给我起各种外号。我几乎胖到没有朋友，没有闺蜜，他们都嫌弃我，仿佛我不是女生，而是另一种生物。

后来我还是有了个闺蜜，是个瘦子，她很黑，很平，一个看上去没什么女生特质的姑娘。再加上她行为怪异，孤僻，大家避而远之。说实话，我也不喜欢她，但我们成为了同桌，还形影不离，可能同病相怜吧。别人觉得我们应该在一起，一个胖子一个瘦子，多么有意思的组合，符合他们戏弄的想象。我们也觉得彼此应该在一块，因为我们都没资格嫌弃对方。

高二那年，她得了抑郁症，退学了。我那时不知道这是什么病，只记得她曾对我说，活在这个世界上很没意思，她过得不开心。她离开后，我自己又开始独来独往，成为大家唯一嘲笑的对象。我恨透了别人，也恨透了自己。

可我又很不争气，一直没去好好减肥，有点自暴自弃，还不爱收拾自己，邋遢而油光满面的。我学习成绩也差，看上去比较笨。我变得敏感又脆弱，感觉全世界的人都在讨厌我，嫌弃我。

如果能够回到过去，可能连我都会对那时的自己感到厌恶和退避三舍。你都这么胖了，这么难看了，为何不想着改变一下，或者在其他方面变得优秀。你自暴自弃，邋遢又不自爱，自然遭人厌恶。

其实，没有多少人真正讨厌胖子，如果你乐观、自信、活泼，我相信大家会接纳你的。显然我当年没有发现这个问题，难怪同学们孤立我、欺辱我。试想一下，没有谁愿意喜欢这样一个自暴自弃的死胖子。

· 3 ·

我每天过着混混沌沌的日子，但我很想考大学，怕这辈子真的就一无是处了。因为成绩太差，又笨，我复读了三年才勉强考上一所本省的三本院校。经过这三年的折磨，我瘦了一些，体重下降到140多斤，终于胖得不那么明显了。

大学的世界很精彩，中学里压抑太久，我对很多事情都跃跃欲试。我想跳舞，想当主持人，想唱歌。可是呀，我又胖又丑的样子，还是会受到冷落，他们觉得我形象不好，身材不好，气质不好。

思来想去，我的声音还是很好听的，当看到学校电台招聘播音员时，我就报名了，他们对我的声音比较认可，愿意让我试试，但要求不能暴露自己。我后来想，可能是怕我破坏听众对主播的幻想吧。谁不希望主播是个美女，给他们幻想才能提高收听率。

就这样，我成了学校电台里只闻其声不见其人的女主播，还给我起了个好听的名字"海梦冰蓝"。每天中午，傍晚，晚上，还有周末，我的声音会出现在大家的耳畔。有时播放新闻，有时读故事，有时聊八卦讲笑话，有时还唱歌。

有一次在大教室上课，听到有人在议论我，说那个主播的声音蛮好听的呀，一个男生说，漂亮吗，我很想见见她。我心里美滋滋的，很有成就感，已经很久很久，没有这样被人欣赏和喜欢了。同时又特别害怕，怕他们知道这个声音来自我，会破坏他们的美感，进而讨厌我的声音。

所以，我始终没暴露自己，默默地奉献着自己的声音。有人在电台公众号里留言，想邀请我做视频直播，有人邀请我去主持他们的活动。我都拒绝了，我实在没那个勇气面对真实的自己。

我怕，实在太怕了。

·4·

在大学里，很多人都恋爱了，我也渴望有人牵我的手，陪我走过这漫长孤独的寒冬。然而真的没有人追我呀，那些男生虽然不像中学时那么嘲笑我，但对我还是有些冷淡，不会主动靠近我，而在漂亮女生面前他们却大献殷勤，打打闹闹的。

我有喜欢的男生，是我们班长，我不敢去表白，看着他谈了一场场恋爱，自己只能远远地做一个观众。这让我想起了余秀华的那首《给你》：

遇见你以后，你不停地爱别人，一个接一个。我没有资格吃醋，只能一次次逃亡。所以一直活着，是为等你年暮。等人群散尽，等你灵魂的火焰变为灰烬。

后来，有个男生在电台公众号里留言，说很想认识我。他每天都会听我的声音，记得我读过的每篇文章、念过的每一首诗，而其中一篇文章，便来自他的投稿，说我读出了他文章中想表达的那种感觉。他留了微博和微信号，我去看了他的微博，发现他是个作家，发表过文章，拿过奖，还出过书。只是不红，粉丝才两千，但在我看来，已经是光芒万丈了。

我忍不住好奇，加了他的微信。他每天都找我聊天，赞美我，还问我要照片，说他沉醉在我的声音里。我没敢给他照片，并坦诚地告诉他，我一点都不漂亮，很普通。他说，那些不重要，他认为我是个很特别的女生。

他说自己也很一般，除了写文章什么优势都没有，不帅，不高，不善言辞，乏味，不敢追求女生。到大学了，他很渴望有一份爱情，能够有姑娘走进他的世界，让枯燥的生活变得多彩。

我不知该怎么回应他，我很怕等见了我，他就不这么想了，可我内心又很渴望，万一真的是缘分呢，岂不是错过。想了很久之后，我还是答应去见他，我想给自己一次机会。

我纠结地问他："如果我不是你想象的样子，怎么办？"

他说："我不是帅哥，又怎么会嫌弃你呢，你不要多想。"

我们选择在学校后山见面，那里有一片竹林，往前走是一个小山坡，树林深处藏着几个荒置的草屋。后山是情侣幽会的地方，他说自己白天经常一个人去那里闲逛，晒太阳，看书，发呆，听我的广播。他有时会想到我，盼望着和我在这片草地上走一走,说说话,探索下那些神秘的草屋……

他说得很美好的样子,我都有点期待了,忐忑又兴奋。

我只能说,现实是残酷的。见面那天,我明显感觉,他是失望了,不怎么讲话,有点不耐烦的样子。两个人在竹林间的小道穿过,然后又走向山坡,整个过程漫长又尴尬,大部分时间都是我在讲话,他话很少,眼睛总是看向别处,没看我几眼后来就无话可聊了,两个人就去看草屋,逛了逛就回去了。

晚上我微信问他:"你是不是对我失望了?"

他说:"也不是吧。"

"那是什么。"

他在那头沉默了很久,也没再说话。

我的眼泪就下来了,仿佛被人拉入一个新世界,又突然丢弃了一样。我更恨自己,明明知道结局会这样,还去见他。我不过是他幻想出来的姑娘,他喜欢的是我的声音,他当时应该是觉得即便我不漂亮,也会是个气质不错的才女,没想到我是这么不堪。

我很没用,让一个普通又自卑的他,都觉得嫌弃。

我一气之下拉黑了他。

· 5 ·

我的世界再次被击碎，我没有恋爱，却像失恋一样难受。那段时间我情绪低落，工作不在状态，他们干脆让我暂停了播音工作。我每天教室、宿舍、食堂和自习室四点一线，越来越怕见人，怕别人注视，想找个地方躲避起来。

我又回到了糟糕的状态里，体重开始上涨，不修边幅，邋邋遢遢，每天过得混混沌沌的，有时还逃课。周围的人对我避而远之，这让我更加孤僻和怪异，谁都不想理睬，一个人独来独往，似乎要把自己封闭起来。

我有了不想上学的念头，偷偷跑回了家，想找父母商量。那时正值麦收季节，父亲在田里忙活，阳光热辣辣的，飘扬在空气中的麦屑把他的衣服染黑，他不嫌脏，继续干活。

前些日子他在工地上干活，不慎跌倒，扭伤了脚，正好要收麦子，就从上海回来了。

我走过去帮他把收割机里的麦子装进袋子，又抬到三轮车上。抬东西的时候，他有些吃力，身体摇晃。我才发现近六十岁的父亲，比我想象中早一步老去，冒出很多白发，身体不再那么健硕，还得了腰椎间盘突出。

我有点心疼他了。

父亲没上过大学，靠着种地和打工养活一家子人。他很疼我，从来不嫌我丑嫌我胖，也不觉得我给他丢人。每当别人说我不漂亮、我掉眼泪时，他就各种鼓励安慰。中学时我复读了三年，花了家里很多钱，他没一句批评的话。家里没钱时，他就去工地打工，干最脏最累的活，还总给我零花钱。

我看着这样的父亲，突然说不出我想退学的话，是自己太矫情了，辜负了父亲对我的期待，我不应该这样任性。在这个世界上，至少父母不会嫌弃我，不会嘲笑我，无论我变成什么样子，他们依然愿意对我好，就像他种下的麦子一样，多么脏都在努力收割，满脸收获的微笑。

我怎么能让他们失望呢，我应该活出个样子来才对。

我想起父亲之前对我说的话：好不好看有个屁用，脑子里有货才是真正重要的，到老了，还不都是一脸的褶子。他是大字不识几个的农民，说话直白粗暴却不无道理。他还告诉我，美丑不能选择，要学会接受自己，无论别人怎么嫌弃你，你都不能嫌弃自个儿。

我站在那里，把之前想说的话都咽了下去。空气里弥漫着醉人的麦香，干燥，带着这片土地的味道。我想起小时候，我站在打麦场上，翩翩起舞，偶尔看着天空，编织未来的各种梦。

· 6 ·

很快,我就回到学校了,我不能再纠结自己的美丑胖瘦了,我不能把别人的偏见设置成自己的一堵墙,躲在里面出不来。我坦然接受了自己,因为生活太精彩了。当我乐观的时候,大家原来并不那么讨厌我,还说我是个有趣的胖子,而且我的声音那么好听呀,他们应该羡慕才对。

对了,我还对一个帅哥表白了,尽管他没接受我。

我"前半生"的二三事

本文来自一位网友的讲述,她叫紫陌(化名),现在正在忙着高考,但多年前的场景,她依然记得,那时她们还是"好朋友",可她知道,这个好朋友并不喜欢她,只是想让自己出丑。

许多年后,我依然记得,小学时被一位"好友"逼着向一位男生表白惨遭拒绝的场景。我感到了羞辱,难堪,恨死那个作死的女生,但后来,男生却成了我的男闺蜜,再后来的中学,他又试图向我表白。

对不起,我已经喜欢上了别人。

· 1 ·

因为家庭原因吧,在我几岁时,父母不停地争吵,甚至打架,有一天妈妈离家出走再也没回来,仿佛在我的生命中,从来没有过母爱。爸爸丢下我去了南方打工,很多年没回家。

我一度认为,他们都不要我了,我成了孤儿。

我跟着爷爷奶奶生活,他们老了,多数时候,我都是一个人待着,满大街游荡,脏兮兮的,大大咧咧像个没人管的野孩子,倔强又不乖巧。同龄女孩懒得理我,我不喜欢跳皮筋,总喜欢爬树、逗狗,对她们的小心思、小情绪,毫无感知,总在莫名其妙的情况下得罪了她们。

从小到大我只喜欢和男孩子玩,他们也烦我,只是能够容忍我的存在。

在我快上学时,爸爸从广州回来了,然而他的身边却多了个陌生的女人和一个小男孩。爸爸让我叫她妈,我不叫,因为我记得我妈的样子。爸爸打我也不叫,自然地,这个后妈对我态度恶劣。

我们搬进了新家,但我在那里一点都不开心,电视被小男孩霸占,我被要求做各种家务,被各种瞪眼,被各种冤枉,像寄人篱下一样,连这个爸爸都仿佛变成了别人的爸爸，找他诉苦他也不会帮我说话。我时常逃出来去爷爷奶奶那里，吃他们给我煮的西红柿鸡蛋面，任性撒娇，找回做孩子的感觉。

上学并没有带给我太多的朋友，村子太小，他们都知道我是个没人疼的野孩子，还有个霸道的后妈。我依旧和男生玩，跟着他们调皮捣蛋，留着短发，吹着口哨，越来越让女生们觉得我不是她们同类。

后妈说，瞧你这样子，长大后也嫁不出去。

我不理她，很想说，我才不想嫁人呢。

但内心深处，我还是想变得女孩子一些，渴望能和女生做朋友说说心事。后来班里转来一个女生叫文婧，说着外地口音，性格古怪，脾气又臭，同样没女生和她玩，常被人孤立。因为同路的缘故吧，我们经常会碰到，独自走路不说话。有一天她跑过来，打破我们间的沉默说："小玲子，咱们做朋友吧。"

文婧一脸认真又期待的样子，我仿佛看到了另一个自己。

我看了她半天，想我们都是同类人吧，于是，我就答应了。她是我第一个女生朋友，所以我特别珍惜，什么话都愿意和她说，愿意和她一块玩，我并不介意她的古怪、她的小肚鸡肠、她的算计，以及背后说我坏话。

我愿意包容一个人,如果我认为对方是朋友的话。

·2·

后来,文婧朋友渐渐多了起来,我不那么重要了,有时上学的路上她会撇下我与别人说笑,忘记我的存在。有时周末找她玩,文婧说:"不行呀,今天要和小梅去镇上买东西,小梅不愿和你一起去,你懂吧。"

看着文婧那样的表情,我挺委屈的,像失恋一样。

文婧为了进入别人的小圈子,为了有话聊,会把我作为贡品——说我坏话。有时把我说给她的秘密说给别人听,有时还会添油加醋说我私下里如何,或者我讨厌哪个女生,喜欢哪个男生,她都到处胡说。

对于这些我都不理睬,无所谓,反正她们本来都对我有偏见。后来,文婧被那些人冷落,又过来找我玩,我也无所谓,不计较她之前做过的坏事,反正我缺个伴儿。再后来,她又投入新的圈子,我也无所谓,早已习惯了别人的冷落。

当然,我也在改变中,愿意和我玩的女生也多了起来,文婧不再是我唯一的女性朋友。这似乎又让她不高兴了,可能在她心里面,我就应该成为一个不受欢迎的人,不该有女生朋友，只有她才会可怜我一样。

文婧应该很想看到我出丑吧，她好在新的圈子里炫耀，于是就出现了文章开头的那一幕。在小学快毕业时，有一天她问我："这几年里，你有没有喜欢的男生？"我那时不晓得什么是喜欢，就说没有。她很不高兴，怎么会没有。她骂我不拿她当朋友，各种威逼利诱让我说出一个名字。

我不知道她为何这么执着，就指了一个男生。我对他有一点好感，平常会多瞅两眼，但这种感觉，会不断发生在不同的男生身上，我对他真没特别感兴趣。文婧却兴奋起来，让我向那个男生表白，并送他礼物。我不肯，她和说那就绝交。我可能怕失去一个朋友吧，厚着脸皮就去做了。那时我性格大大咧咧，也好奇向男生表白会怎么样。

我傻兮兮地去和那个男生告白，还送了他巧克力。他收下礼物，却拒绝了我。更让我难堪的是，他竟然把那份巧克力分给其他男生吃了，一帮人谈起我来，哈哈大笑。于是我成了全班的笑话。

这深深地刺痛了我。我恨文婧，更恨这个男生。

而对于文倩，现在想想，像她那样奇葩的朋友，不要也罢。可我似乎也没那么生气，没有把她拉黑在我的生活里，此后很多年，她都存在我的生活里，或许我有被人虐却毫无知觉的基因吧。

那个时候，后妈天天折磨我，家里一旦丢了东西，她找都不找，就说是我拿的。后来她在沙发底下找到了，却一点歉意没有，像什么都没发生过一样。她时常让我做这做那，又不教我怎么做，动不动就骂我笨，是吃懒饭的。后妈之所以这般有恃无恐，是因为她知道很多人不喜欢我，包括那些长辈们，他们说我妈很野，我也是个不安分的孩子。

所以，对于他们的折磨和欺凌，我似乎已经习惯了，学会了把这些怨愤消化在肚子里，不刻意地强调怨恨和伤痛。

很快，小学就毕业了，他们很快会忘记这件事。

· 3 ·

我们小学大部分人都考进了县城的一所中学，暑假里一位省城上大三的哥哥在村里办了两个英语补习班，这样很多人又见面了，我们每天跟着大哥哥学习英语，听他讲外边的世界，大部分时间都在玩闹中度过了。

我表白的那位男生也在，就叫他建吧。有一天建在放学的路上追上我说："玲子，我做你男闺蜜吧。"那个时候,男闺蜜开始在网上流行,成为大家的口头禅,谁没个女闺蜜、男闺蜜都觉得不够酷。

建一脸认真地看着我,还说会帮我实现三个愿望。那一刻,我原谅了他,何况我也想要一个男闺蜜。平常我和男生走得很近,但那只是一块玩耍,从来不会交流心事。那时,大家都十几岁了,对异性世界充满了好奇,我想去了解。

到了初中,文婧、建和我都在同一所学校。我和文婧在一起的时间少了,大家都投入了新的圈子里,偶尔回家的时候会在一起聊聊,我觉得这样挺好,可以离她远一些,又能有个回家的伴儿。而建因为是我男闺蜜的原因,平常接触得多一些,我们时常在教室的走廊里和操场上聊天。他会告诉我,今天他又喜欢谁谁了,或是问我女生的很多秘密。

别人都怀疑我们暧昧,在处对象,但我只是很单纯地要一个男闺蜜,所以不理会那些八卦。而豆蔻年华,我其实对异性渐渐有了感觉,有了自己喜欢的人,那种感觉会让你产生很多幻想、思念、美好和失落,对方的一举一动都会牵动你,掀起心里一阵阵波澜。

他叫鹿川,是我前桌,班里前三名的学霸,平常看上去酷酷的,萌萌的。越是喜欢,越是不敢和他说话。而他却和同桌的女学霸关系很好,经常头靠头地讨论解析数学题,我心里酸酸的,恨自己成绩太差,不敢和他讨论学习。

初二时,一位女生问我有没有喜欢的人,我开始很犹豫,越是真心喜欢的,越是不想说出来,两年前受辱的记忆还在脑海里,我自然不愿说。但她说,你可以悄悄告诉我,不会让别人知道的。

我信了。当我把喜欢的男生告诉了她后,这件事后来被同桌知道了。同桌是个小太妹,在班上很活跃,在校外也很活跃,我喜欢前座的事情,被她当成八卦说给了很多人听,自然也传到了鹿川的耳朵里。

鹿川没有任何的反应,我内心深处有些失落。可能他觉得,被我喜欢,是件没面子的事情吧,我成绩一般,长得也不漂亮,我觉得那个女学霸才配做他女朋友。想到这里,我自然不敢去告白,我怕自己会死得很惨,比上次更让我痛苦。

事实上,小太妹是喜欢鹿川的,之所以到处黑我,是她把我当成了竞争对手。有一天,她自己偷偷去表白了,结果被惨拒。过了没多久,她说不喜欢鹿川了,说他是个书呆子,便开始去追一个篮球队长。

我讨厌这种喜新厌旧的人,但是,我喜欢的人能被别人喜欢,说明鹿川这个人值得被我喜欢呀。

· 4 ·

初三时,我转学了,并和文婧绝交了。而我不再害怕孤独,学会了和很多人去做朋友,越来越有女生的样子。

我和后妈吵过一架,从此矛盾公开化。四十岁后,爸爸开始纵容我,不再批评我对后妈的态度,不再逼着我与她搞好关系。他对我有了愧疚感,常常后悔当年失去了第一段婚姻,责怪自己没尽到父亲的责任。过去,我觉得父亲太懦弱,不能保护我,现在渐渐理解他的难处。他对自己的老婆也不满意,后妈喜欢在邻居间搬弄是非,对公婆没好脸。有时觉得,爸爸也挺可怜的,他过得并不开心。

转学后,我与鹿川不得不分隔两地,我时常会想念他。有一次我在他的空间看到一句像是对人表白的句子,结尾是几个字母。那时我以为他恋爱了,还有点失落。几个月后,再去看那句话,发现字母正是我名字的缩写呀!

我很激动,鼓起勇气表白,可他用"我现在不想谈恋爱"来敷衍。我就问:"那你喜欢过我吗?"他模棱两可地表示,确实有感觉,但他现在主要的精力是学习,不想被感情上的事情耽搁和分心。

我对他说:"那我等你三年,如果到时我还喜欢你,绝对不会放你走。"

他没有回答,我却认真了。

在新的学校,我把心思放在了学习上,我知道,只有成绩好,才能配得上优秀的鹿川,不能让他嫌弃我。在这三年里,我也不会再喜欢别人。当时有不少男生对我示好,都被我拒绝了。

我会等鹿川三年,我要说到做到!

然而有一天,男闺蜜建来我们学校玩,晚上我们在操场上散步时,他突然停下来说:"像我这样的人,不会有人喜欢吧?"然后一脸期待地望着我,仿佛在等一个答案。我想起很多年前,被文婧逼着向他告白、惨遭拒绝的场景,在心里冷笑了一下。

他似乎想问的是:你现在还喜欢我吧。他不知道,那场告白是假的,我从来就没喜欢过他,过去没有,现在更没有。但直接说出来,怕会伤害他,于是我就装糊涂说:"没人喜欢就不活了呀,瞧你那点出息。"

"那你现在有喜欢的人了吗?"他问。

"有了,就是鹿川。"

"哦。"他的眼睛里闪过一丝失落,便没再继续这个话题。那时,他追了很多女生,都没追上,可能忽然想起身边还有一个备胎，便想试试，结果我击碎了他的幻想，没给他想要的回答。不知道为什么，我觉得很解气，这么多年后，他居然想告白我。

对不起，我有喜欢的人了。但我不会让你很难堪。

我喜欢鹿川，虽然年少时的喜欢并不真实，但能维持那份纯粹的悸动多年，这青春也算没白过。

· 5 ·

我一天天长大，变成现在的模样。十六七岁的我，坚硬又柔软，我身上有着坚硬的外壳，不想被人伤害，会去反击，也不再逆来顺受，懂得了拒绝，甚至远离我讨厌的人。同时我也变得柔软，有了自己喜欢的人，尽量不去伤害别人，对爸爸也多了很多理解，其实他是很爱我的。

在后妈面前，我却坚强了很多，不想再让她伤害我、对我指手画脚了，让她知道那个没亲妈的小女孩已经长大，谁都不可以欺负她。我和后妈怼过几次后，她渐渐不敢再对我发大脾气，甚至有时会刻意躲避我的眼睛。

我做的这些，爸爸其实是默认的，他也受够了这个老婆。他越来越觉得，我才是他最亲近的人，我不会嫌弃他，无论他过去怎么样，我始终尊敬他。去年，爸爸和后妈闹过离婚，他问我要不要离呢？

从小到大，我都盼望他们离婚，我不想要什么后妈。可真的让他离婚，我又于心不忍。那毕竟是他的老婆。

爸爸年纪大了，平凡又普通，组建一个家庭对他来说不容易。在农村，单身男人是被人瞧不起的，日子需要女人来操持。很多时候，生活到最后剩下的都是将就和忍耐，等老了，一切恩怨和矛盾，都变得不再那么重要。

可能后妈也害怕离婚吧，她身上有太多的不安全感，总想通过强势来保护自己的地位和利益，只是吃相难看了些。她后来改变了一些，对我也有所收敛。

知道爸爸很不容易，我就学会了容忍，希望他不要经历太多的痛苦。

感谢时间让我长大，尽管不能选择父母的婚姻和成长的环境，现在却能够追求自由，选择友谊和爱情。学业之外，我开始画画，学设计，期待着未来能够有一项养活自己的本领，这样我才能获得真正的自由和底气。

文婧早早就退学了，南下打工，然后订婚，准备几年后结婚，我们的人生走向不同的轨迹。

一天，男闺蜜建问我："你还记得当年我说，会帮你实现三个愿望吗？"

我说："不用了，我想通过自己的方式去实现！"

过了这个暑假,我就高三了,我还在坚持三年之约。无论到时鹿川是否会接受我,无论他在哪里,相信终将有一天我们会相遇,并对他告白:"鹿川,我喜欢你!"

第八章
世界很浮躁，要有自己的尺度

8

☂ 他才不想做"网红"

· 1 ·

刘小虎今年12岁了,还有几个月就小学毕业。

他家住在村东头,每天都要经过一条长长的街走到村西头去上学。街上站满了人,还有三五成群上学的孩子,每当张小虎经过时,大家都会看向他,有开玩笑的,有嘲笑的,有可怜他的。

刘小虎父母都是残疾人,遗传不好,再加上妈妈生他时难产,缺氧导致脑瘫,他从小就行动不利索,说话口吃,反应迟钝,性格古怪,成为小孩子们欺负的对象,生气时他眼睛瞪得大大的,歪着头。但不说话时,特别像一个人。

"他和马若西长得真像呀。"

"对,像个'小马若西'。可人家是富豪,他没这命。"

马若西是从他们县走出来的创业者,闻名全国的少壮派财富新贵,去年刚在香港上市,打开电视手机,到处都能看到关于他的报道,书摊上摆满了他的成功学。只是马若西长得一般,矮矮的,小脑袋。当年去麦当劳求职,人家都没看上他。可谁承想,多年后全国人民都在为他花钱,老婆还年轻貌美,还是个网红。

· 2 ·

晚上回到家,刘小虎去帮妈妈提水做饭。

爸爸刘胜一瘸一拐地从外边回来,看到儿子欲言又止,叹口气回屋去了。吃饭时,他终于开口:"虎子,初中就别上了,回家跟着我干活。课本你又学不会,再上几年还不一样!不是爸狠心,是咱家真没多余的钱了。"

"都怪你爸妈没能力赚钱。"

刘小虎点点头,他不知道上学的意义,甚至讨厌上学,因为总有人欺负他。

一家靠着几百元的低保勉强维持,有两亩地和菜园,饿不着，但也没什么钱。别人都能出去打工赚钱，或者做点什么事情，可他们家没几个正常的劳动力。年轻时刘胜也是个壮小伙，可一场大病之后变得瘦弱不堪，成了药罐子，腿也不利索了。曾经定好的婚事也被退婚，却又怨不得人家。

没钱又没文化，在农村就是这么残酷，只能娶或嫁一些比自己更差的人，生一些基因不好的孩子，每天都在为生活煎熬挣扎。那天刘胜看到杨xx的新闻，也有一种活不下去的冲动。他也不知道活着的意义是什么，好像只是为了能够活着而活着。

上午，刘胜去找村长要危房改造的补助名额。为了这事，他已经折腾一年了，可依然没拿到。他不明白，自己家条件这么差为何没资格。他把原因归结为没给村长好处，也不沾亲带故。他们微不足道，才经常被忽视。

村长说："名额有限早就没了，回头再争取看看吧。低保都给你了，还不满足吗！"村长也是被刘胜烦到了，一脸的不耐烦。不是不给他，而是房子破的都想得到名额，刘胜家很困难，但房子还算不上危房，有不给他的理由。

但刘胜想得到这个名额，因为可以拿到一万多的建房补贴。他的计划是，先把钱拿到手，房子花多少钱修建再说，有了这些钱，他们的家的日子会缓解一些，还可以继续让刘小虎上学。

现在拿不到钱，儿子上学也没戏了。

· 3 ·

程小北是个公号小编，昨天被领导骂了。做了几个月，订阅却上不去。

没粉丝没阅读就不赚钱，眼看别人广告接到手软，圈里内容创业炒得火热，老板愁、焦虑、不平衡。作为昔日的微博网红小段子手，面临着转型，他之前瞧不上的几个小丫头，靠着几篇爆文，火箭般跻身一线网红，开始对他开始爱理不理。

"你也整出几篇爆文呀，爆文，爆文！"老板对程小北说。

程小北何尝不想呀，不是喜欢写这些东西，只是想证明自己。跟过热点，迎合过读者的情绪，玩过擦边球，也试图制造过热点，都没什么效果，主要还是粉丝太少了，老板又不舍得花钱推广，总想着用最低的成本涨粉。

他准备月底就辞职，想去真正的互联网公司锻炼自己，亦无心工作了，想请假回家一趟，回来递交辞呈。他和马若西一个县的,他的目标是去他们公司上班,可是以他现在的经验和能力,估计面试的机会都没得。

程小北在家也无聊,继续刷微信,他看到小侄子发的朋友圈,视频里他们村的刘小虎被一群孩子戏弄。

长得真像马若西呀,这是个"小马若西"。他自言自语。

从母亲那里程小北了解了一些刘小虎家的情况,然后又去走访了一圈,发现他们家确实很困难,小孩也怪可怜的。他想,能否通过网络的力量帮助下这个家庭呢。当然出于职业敏感,他认为"小马若西"很有传播价值,说不定是个很好的选题。他给刘小虎拍了一些照片,说想通过网络的力量帮帮他们。

刘胜一家将信将疑,只当这个年轻人的客套话。

程小北匆匆回北京,把自己的选题想法报了上去,老板觉得不错。

选题会上他们认为,只是写篇文章介绍"小马若西"传播价值太小,最多被当成帖子,大众也只会关注照片,然后自己拿去各种PS创作,涨粉效果不大。

"要不这样,"一个同事说,"我们帮刘小虎发起募捐,首先把他和马若西相关联,可以借势引起关注,而他们家确实很穷,小孩面临辍学,符合求助的条件,大众又热衷于表达善心,哪怕是为了秀给别人看。"

"发起募捐首先我们不具备条件,有法律风险,公号会被封杀。其次大家参与的热情不会那么高。"一个同事发出质疑。

"要不,我们给他捐钱。网友朋友圈分享一次,我们就捐一块钱。"

"没那么多钱。"老板说。

"可以找企业赞助呀。"

· 4 ·

很快,程小北执笔写了一篇文章,图文并茂,感情真挚,还有点煽情地介绍了"小马若西"的情况。由于粉丝太少,发出去几天反响一般。老板不甘心,花钱找一个大号单钩转发,阅读量和粉丝量立刻上去了。

引爆朋友圈是几天后的事情,人们开始疯狂转发,对网友来说,不用花钱,还可以帮助人,何乐不为呢。然后各种媒体和自媒体跟进,很多大号也忙着追话题,蹭热点,上各种网站的头条。

在那段时间,他们公号订阅暴涨了二十万,老板预计以后通过各种互推,年底能做到一百万订阅,再养几个小号,把估值做到几千万,再找投资继续做大,这以后就是他的事业了。这些天他高兴得有点神经质。

程小北觉得自己做了件好事,老板最后给刘小虎家五万块钱,他是为了营销,但也做了件善事。只是后来,很多人开始漫骂,而那篇文章被举报"诱导分享",涉嫌违规,被封号了。老板一觉醒来一切成空,过山车一般,差点疯掉。

可"小马若西"却红了,很多人都在谈论他,消费他。

· 5 ·

躺着都能红,刘小虎一家有点懵了。

突然有一天,家里来了很多人,有记者,网络拍客,自拍杆不离手的直播网红,各种做慈善的人,各种商家,各路官员,总之乌七八糟的人都来了,嘘寒问暖,有的给钱,有的送东西,有的送优惠券。

那些日子,他们家一天要来好几拨人,而村民则围在院墙外伸着头看热闹。

村长看到"小马若西"红了,这种事情自己怎么能缺席,自然要刷下存在感,于是不请自来,表达组织的关心,作为"小马若西"一家发言人与各种来访者亲切交谈。

更大的领导还在后头,村长接到通知,县里的宣传部、教育局、民政部的领导也要来视察和慰问,还带着电视台的人。县里出现这么一个贫穷的人家,且受到全国人民的关注,自然要代表政府给弱势群体送去温暖。那些日子,全县正在开展扶贫求助工作,"小马若西"正好是个典型,还能引起媒体的关注,这对于宣传政府形象和扶贫工作很有帮助。

各级领导给"小马若西"送来了组织关怀,并承诺给刘胜解决危房改造补助名额。

原本还各种抱怨的刘胜,不知道是感动呢,还是感动呢。他觉得从村长到领导,都变得亲切起来。他得到了他能够得到的各种组织上的照顾和优待。

而网友们批评:早干吗去了,作秀。

领导们一脸委屈:"问秘书。咱们做错了吗?"

秘书说:"没有。"

· 6 ·

刘小虎不知为何有这么多人来看他,这个世界仿佛一下子对他仁慈了,他之前不识马若西,他只知道,周围的人态度变了。街上和学校里的那些小孩子,不再欺负他,而是远远地看着他笑,羡慕他有吃不完的零食和看不完的课外书。哪个农村孩子不想要这样的生活,可他们不会有这样的待遇。

村民们依然在街头谈论他,可都变成了:他命真好,成大明星了。他们笑着说,马若西会不会认刘小虎做个干儿子,然后接他到城里生活,再送一套房子,赠个几百万什么的。马若西不差钱,当年结婚时还给老乡每人发一千呢。

生活突然的改变,爸爸刘胜有点受宠若惊,再也不用为生活发愁了,之前的怨恨都没了,而且对生活越来越有希望,这么多人来帮助自己,送钱送东西的,还有什么不知足呢。

刘胜在村里被嫌弃和遗忘了半辈子,如今他儿子成了焦点,整个村子,整个县,甚至大半个中国都在关注他们,他觉得自己生了个好儿子。但是,这种幸福并没有持续太久,他发现一家人的生活被严重干扰了,似乎每个人并不是发自内心地对他们好,每个人都有他们想要得到的东西。

他们带着目的而来,带着收获或失望而去,再没出现过。

记者想挖掘新闻，好的，坏的。

有人拉他们做主播，吸引网民关注，赚打赏。

有人想找他们拍电影，作为卖点进行推广。

有人请他们参加各类电视节目。

还有人让刘小虎给产品做代言。

……

很多人对他好，帮助他，只是因为儿子像马若西。

可刘胜又无法拒绝这一切，能让自己的生活变得好一些，这不是他之前的愿望吗？他不完全信任这些人，又不会周旋，这时程小北说可以帮他们当经纪人把关。程小北在老板的公号被封后，就辞职了，处于无业状态。通过这个事件，他也出名了，公号涨了几万粉，各种人找他合作，做营销，写软文，出策划案，甚至出书。

各种采访配合他们，给他们想要的；直播参加了一些，配合他们与观众互动；电视节目也参加了几个，诉说家庭悲惨生活；给一些商业活动站台，当背景板被拍照……除了没拍广告，都做了。

"小马若西"刘小虎却乐在其中，所有人都围着他，和他说话，陪他玩游戏，逗他开心，给他各种玩具和零食。只是，他必须配合他们，对方才满意，要看镜头，要说他们给设计的台词,要任他们摆布做背景板。

人们问,你是谁呀。他会很配合地说,我是"小马若西"。

时间长了,他变得不开心起来,感觉像个道具一样,被别人拉来扯去,他只想自己玩,不用迎合任何人。因为呀,他已经有那么多零食、玩具,村里的小孩们也开始主动靠近他,想分享他的零食,他很开心。

· 7 ·

马若西自然知道了"小马若西",还转发了一条微博说:真像我小时候。

这下网友们可热闹了,各种对马若西调侃,一个是富豪,一个穷得上不起学,命运有着天壤之别,"小粉红"们嚷着让他给"小马若西"捐款。马若西自然不想理会,每天想让他捐款、救助、做慈善的,数不过来,遇到重大事故、地震、天灾人祸,都想让他捐个几百万、上千万,甚至上亿的,只因为他有钱。

但他只想按照自己的标准来做慈善。

网民却不依不饶了,等着他发微博,他不表个态,捐个钱,心里就不爽。这时有网友挖出他去年曾给美国某大学捐赠了几千万,有人说,他拿了绿卡,资产都转移了国外,不是中国人了;有人说他的公司是外国人投资的,被外国人控制了;还有人爆料,他投资了"有问题"的电影,立场不坚定。总之,舆论开始对他不利,甚至有人要抵制他的产品。

企业公关部门坐不住了,股东也忧虑了,他们担心股价会受到波及,希望马若西回应下,至少做个姿态,而且他们也想借"小马若西"提高企业曝光率,网民高兴了,自然会多买他们的产品。得罪谁,都不能得罪消费者。

"不负众望",马若西决定资助刘小虎。

· 8 ·

但大家太热情了,热情到他不再是贫困户,热情使人们开始嫉妒,开始讨厌了。

村里人说:"这么多人给他们资助,给他们送钱,一定赚了不少钱了。可能收到了几百万吧。"

网上有人说:"这本来就是营销,你看他们都找了经纪人,而那人策划了该事件,感觉善心被人拿来营销了。"

有人说:"他们得到的已经够多了,大量困难的人却得不到救助。"

而周遭的人开始企图从他们这里得到一些东西：借钱的，想让他们给村里修路、修建学校的，想得到救助的，想通过媒体宣传政绩的，想通过他们帮忙伸冤的……

而那些和他们之前一样困难的人不乐意了，指责"小马若西"占用了太多资源，而他们却没人管，应该用这些钱帮助其他人。

"小马若西"听不到这些声音，他继续玩自己的。

爸爸刘胜却招架不住了，他不想失去那些已经得到的，可大家开始指责他贪心，指责他利用善心还在赚钱。他只好去捐款，去帮助别人。而村长说："镇里开会研究决定，你们家条件已经不符合低保要求了。决定取消低保资格。"

刘胜无力反驳。他只希望能留一点钱，以后有点保障。

几个月后，人们的热情都褪去了，没人再提起"小马若西"，没人再来看他们给他们送东西。人们在网上忙着其他的话题吵吵嚷嚷，又有明星出轨了，网站和公号作者们开始跟其他热点。马若西依然占据着新闻的标题，人们关注他和其他大佬的斗嘴，关注他的八卦，他的女人，关注他最新的行业观点。

程小北小有名气后,顺利进入了马若西的公司,策划了一次病毒营销。公司的最新产品被刷爆了朋友圈。

刘胜发现,他们依然是穷人,以后还得靠自己活着。他必须把低保的名额要回来!

村子里的人又开始烦刘胜了。

而"小马若西"从来不知道自己是"网红",他只知道,那些曾经对他热情的人,都不再来了。那些小孩们,又开始欺负他了。

他最终得到的,是可以继续上学了。

💡 他只是想约个炮

很多年前,她以为自己遇到了一场爱情,放下戒备,付出一切。

很多年前,他只想约个炮,没想到这姑娘那么执着,"纠缠"他很多年。

她忘不了他,他甩不掉她。他们都是如此的后悔,后悔当初那个错误的冲动。

这是一个读者讲给我的故事。

· 1 ·

25岁了,我还没谈过恋爱,对一个姑娘来说,这挺没面子的。

是的,我想有个男朋友,可我连手都没牵过。我等待一份爱情，却迟迟没有来。

表面上我装作若无其事、享受单身的样子，内心却感受着孤独和焦虑。不爱社交，也没什么圈子，只有几个好朋友，生活的世界狭小又乏味。后来，身边的人都结婚了，她们都在谈论老公、孩子，我觉得自己与她们格格不入。

我越来越喜欢独处了，一个人吃饭，一个人下班，一个人逛街，一个人看电影。也不想听父母的唠叨随便找个人结婚，我对爱情的向往高于对婚姻的期待。我还有一颗少女心，依然停留在不曾长大的世界里，执着而热烈。

我总觉得，那个人会在生命的某个角落里等着我。

他就在那时出现了。

原本，我们的生活没什么交集。他在微博上写情感句子，很治愈，有五万的粉丝。我是那个每天评论、说晚安的那个人。有一天，我鼓起勇气，想加他的微信，我只是想作为看客，窥视下别人的生活。

没想到，他给了我微信，我看到了他的朋友圈。对于我来说，他活得精彩光亮，每天都发很多照片，旅行、健身、参加各种活动、与各种人吃饭。我依然每天说晚安，像个小粉丝一样，不求回应。

那时，我并不是喜欢他，只是日子过得乏味，需要一点寄托。

而他偶尔会回一句：嗯。

· 2 ·

有一天，他主动撩我，简单而直接，让我始料未及。

他说："做我女朋友吧。"

我惊奇又错愕，当他开玩笑，装作没听见，继续说别的。可他不让我转移话题，把话题拉了回来。我说："你是晚上比较无聊想找人说话吧，看来大晚上的，确实容易被撩。"我依然认为，那是他的玩笑，想说句晚安走人。

他说："真的，关注你很久了。还没哪一个女生每天都对我说晚安。感觉你是个很美好温柔的姑娘，你的文字也是那么安静，让我想起了高中时暗恋的一个姑娘，可直到毕业，我都没和她说过一句话。"

我说："我很普通的，会吓到你。"

过了很多秒钟，他没发来消息，我想他一定是没兴趣聊了，就准备睡觉。一分钟后，他说："我信直觉，我不会肤浅地只看姑娘的外表。"他又说了很多，就像他微博里的句子，带着些暧昧，明明很套路，但唯美又不轻佻。

我说"困了"，就没理他。他发了个失望的表情。

第二天，我继续说晚安，当一切没发生过一样。我不相信他真的会喜欢我，见都没见过，也没怎么聊过，上来就说喜欢，这太吓人了吧。何况我不是随便的姑娘，他又太优秀，我们完全是两个世界人。

可他继续说："做我女朋友吧！"不依不饶，像个孩子。

我说："你这话对很多姑娘说过吧。"

他说："没有太多。"

那天，他说了很多心里话，说别看他朋友圈的生活很精彩，却是一个孤独的人，没太多真正的朋友，有时会特别孤单，找不到一个说话的人，很想有一个姑娘可以对他好，像女朋友那样，一起吃饭，一起看电影。

·3·

我无法接受他这样的举动，对于一个姑娘来说，这是冒犯，是一个男人无聊的胡话。可能是我太孤独了，渴望爱情，内心又希望这是真的。我变得不再安宁，对于他的"撩"变得期待起来。

二十五年了，怕再不遇到爱情就老了。

当时正是我最倒霉的时候，工作两年的公司，遇到一个外地调来的中年上司，对我各种不满意，一次坐他的车去谈客户，还被他在车里摸了胸，一气之下我就辞职了。找了半个月的工作，都没满意的。

一个姑娘，生活在外地，无依无靠，到处受气，单身又失业，想有一个肩膀能够依靠。他的主动靠近，让我有点矜持又莫名的惊喜。看到他发给我的信息，我很开心，迫不及待去回复，他关心我的时候，我感到特别温暖。一旦他没理我，没回信息，就变得很失落焦虑。因为我不自信，以他的条件，完全能够找到条件好的姑娘。

他真的会喜欢自己吗，是认真的吗？他说是真的。

我说："可能你真的见了我，就不这么说了，会失望的。"

他说："我们可以先谈着，先做我女朋友，如果到时不合适，还可以放弃。"

不明白他为何这么说。对我来说，要谈就谈一场不分手的恋爱，感情要专一。

· 4 ·

他提了出见面，应该说这太快了，才聊几天而已。可我还是答应了。

那时我刚好因为失业回家里几天,他就坐火车来到了这座小城市。

幸好,他并没有对我表现出失望,但又没网上聊天那么浓烈。而他看上去也少了很多网上的那些光环,不是很帅,但足够稳重,有男性魅力,声音很像吴彦祖,有一定的人生阅历,会给我开导人生。

在那座小城里,我跟他一起看电影,后来他又教我游泳,他拉了我的手,还第一次去了酒吧。这是我第一次与男生这么近距离接触,给我很不错的感觉,有点小甜蜜,我有了想要恋爱的冲动。

我们玩到很晚,他说别回去了,都订好酒店了,明天再接着逛。我拒绝了,我知道他的想法,但节奏太快,我无法接受。我对他说:"不回去妈妈会担心的,我不想让他们知道我见网友了,会骂我的。"

他很失望的样子,就没再勉强。

第二天早上,他打电话说下午就要坐火车离开,让我再陪他一天。我又要出去,妈妈说是不是谈对象了,我说没有,是去见一位高中同学。我还不想把这个事情告诉父母,想等真正确定恋爱关系了再告诉他们。

我问哪里见面,他说宾馆。

我说:"不好吧,我会不好意思,会很害怕的。"

他说:"没事的,我又不是坏人。"

我就按照他说的地址,找到了宾馆的房间,敲他的门,站在门外等他出来。他却让我直接进去,说:"外边又没地方坐,多尴尬。你先进来,先聊会,咱们再出去逛逛。"我就忐忐忑忑地进去了,很紧张。从小到大,我没和男生单独在一个房间待过,还是宾馆。

那时,他还没有起床,穿着拖鞋,很懒散地躺在床上。他让我坐在旁边的椅子上,盯着我看,让我很尴尬,不知道和他说什么。不一会,我就不耐烦了,催他起床出去,我不想待在宾馆里,感觉特别不自在。

他说现在还不想起,等十一点再出去。我可能傻得单纯吧,不知道他那时心里的想法,就说我先去外边的咖啡店等他。正要起身,他从床上站起来,把我拉住,用力地把我拉到床上,要抱我,被我挣脱开了。

"让我抱抱你吧,做我女朋友。"接着他又继续抱我,亲我。我使劲挣扎,还是没有抵挡他的力气,被他死死地按在那里。他霸道地压上来,说着很多动人的情话,说他很孤独,想亲近我。这突如其来的亲密,我完全没有防备。

·5·

我们上床了。

那是我的第一次,很痛。不是我情愿的,可已经发生了。我以为这就是爱情的开始,放下所有的防备,决定付出自己的真心。送他去车站坐火车时,我依依不舍,在他的脖子上留下了我的一道吻痕。

从那以后,我变得主动起来,找他聊天,了解他的生活,期待着下一次的见面。可慢慢地,他就变得不那么主动了,说话也有点敷衍。我说什么时候见面,他说:"最近很忙,周末要开会,要去外地出差,要做总结报告,无法抽身。"

这种微妙的感觉让我很不安,这不是我想象中爱情的样子。

我说:"我们还是恋人吗?"

他不置可否,让我不要想太多了。可越是这样,我越是不安、焦虑,猜测他每句话背后的态度,解读每一种行为的变化。我越是想把两人的关系确定,他就越不耐烦。信息总是很久才回,有时甚至不回。

我的存在,越来越成为他的负担,让他很烦。

终于,他告诉我,他跟前女友在一起了,对我说,咱们不合适，放弃吧。他想从此相忘于江湖，从此不再见面。

那一刻，我像被丢进了黑夜里一样，悲伤，绝望。爱情还没开始就被甩了，我无法接受这样的结局，像被戏弄了一般。我质问他："那我们之前算什么，你又为何那样做，是觉得我很傻吗？"他说："是你太认真，太轴了。我当初就说，我们可以先谈着，先做我女朋友，如果到时不合适，还可以放弃。但通过交往，发现咱们真的不合适，我也不想耽搁你。"

我打电话骂他，内心又希望他回心转意爱我。他不再接我的电话，我就在微博、空间和微信给他留言，于是他拉黑了我。可我不甘心，通过各种方式找他，整整三年都不肯放弃，一直纠缠他不放。

他受不了了："求你放过我吧，不该遇见你，我快被你折磨死了，对象都黄了几个。"我也不想这样，可内心不甘，恨他、失落、不平衡，就是想纠缠他，让他知道自己错了。

· 6 ·

后来，他结婚了，让我不要再联系他了。至今我都不懂我与他之间发生了什么，是爱情、强奸、诱骗，还是什么。我对他知之甚少，不明白他怎么想的。有人说，他只是想约炮，没想到遇到一个难缠的我，死死不放。我不明白，为什么有些人宁愿自己不道德也要伤害别人，从来都不觉得理亏，还表现得那么有底气。

我也怪自己，那时太年轻，轻易被人欺骗，还傻傻地当爱情。

小心，你也可能是"备胎"

一个读者说，她被公司的前同事A追了很久，现在是她男朋友了，可又不太确定。

姑娘最初对A并没什么感觉，他条件一般，很普普通通的一个人，还不善表达。来这家公司上班后，她发现有一双眼睛总是盯着她看，放肆又克制。在去办公室的路上、餐厅里、公司活动中，那双眼睛仿佛在向她传递暗号。

她以为，A会搭讪她，男生都这德行。但没有，他甚至不曾对她微笑过。所以，她也没当回事，就是觉得这人有点奇怪，可能比较内向吧。她又不喜欢他，自然不会主动找他说话。日子就这样过了很久，直到他辞职消失。

有一天，有人加她微信，她翻了翻对方朋友圈，发现是A。从那以后，他开始有事没事找她聊天，给她的动态点赞和评论，说一些似懂非懂的话，说出想追她的念头。彼时，他们还没单独见过，也没说过话。网上的他比现实中的显得直接又急躁。

姑娘拒绝过他几次，A一度沮丧，消失过，后来又继续追她。

那时，她对他有了点好感，慢慢地就接受了他，姑娘对他不再那么冷淡，开始变得主动，有事没事地找他说话、见面和约会。后来就做了他的女朋友，他很兴奋的样子，他说终于不用一个人看电影、吃火锅了。

A看上去还算个好人，除了拉过手，吻过，并没有其他举动。

那时两人不在一家公司上班，姑娘在昌平，他在房山。南北两个小时的距离，只能周末见面。有时工作日为了见她一面，他下班后坐一个小时的地铁来看她，吃一顿晚饭，逛逛街，然后坐最后一班车回去。那样的日子很甜蜜。

姑娘对A越来越好了，决定好好谈一场恋爱，包括发展成结婚的对象。她积极了，A却渐渐地不那么主动和热烈，似乎还没热恋，就进入了感情的疲倦期。后来，都是姑娘主动找他说话，她不说话，A经常想不起来找她。

有时晚上下班，她特别想A来看自己，A似乎没了跨越大半个城市来看她的热情。他觉得太远，说加班，要回去听微课。好不容易到周末了,她想去北京周边旅行,他又不那么配合,只想在市区里逛逛。

以前她的微博、微信和空间,被他刷满了存在感,到处都是他的点赞、评论。现在她故意发个动态试图让他看到,他都像没看见一样。对于她的"废话",他陪聊的热情没么大了,总觉得不在状态,有点敷衍。

那是A本来的性格,其实姑娘也知道,但她总觉得,他不上心了。

他们是恋人吗?

这是爱情吗?

她常常这样问自己。

有一次她公司同事闲聊,说到了A,原来他之前暗恋过很多人,给不少女同事送过秋波,只是很多没有表白,有些被拒绝了。大家分析,他是一个渴望爱情的人,不愿放弃每一个机会,可得到后又不甘心,想万一碰到一个更好的机会呢。他怕自己会后悔,想维持这段爱情,可又不想表现得太浓烈,这样可以随时退出。如此就可以解释,为何他没有更亲密的举动,可能是为了给自己哪天的离开找借口。

条件一般的男人,最初撩你,对你热情,不过是想确认一个目前可以得到的感情。

姑娘不知道同事说的是不是真的，她也不愿去试探他。

后来种种迹象表明，他没出轨，只是自己还没驻到他的心里。比如他用来"右手"的照片，时常都是别人。想想也挺打击人的。

有时我们不愿意承认，自己不过是别人的备胎而已。

备胎有很多种，我们常说的是那种保持暧昧、不舍得丢弃的备选对象。还有一种就是，明明已经是恋人了，对方没出轨，但你在他心里，依然是个备选的对象，无法让对方全心投入，花费太多的精力对你好。你不知道哪天，你这个"胎"就被打掉了。

其实，我们很多人都当过别人的备胎，或者自己有过很多备胎。明的，暗的。我们在爱情的路上跌跌撞撞，不过是想找一个更合适的人。

你处在正胎的位置上，享受着备胎的待遇。

姑娘同事们也说，如果两个人在感情还没有进入稳定期、又未到疲倦期时，一个男人或女人，若真的爱你、在乎你，在彼此需要对方的时候，再远的距离，再忙，都会不顾一切地去见你，真没时间，内心也是急切的。

一个人能否忍受你的废话，愿意闲聊的程度，也说明重视你的程度。就像我们平常交朋友，真拿你当朋友，说再多的废话都不觉得浪费时间,不觉得别人烦,不觉得被打搅。热恋中的男人,就是喜欢说很多很多的废话。

他不愿这么浪费时间,可能还真的不够爱你。

第九章

不知道是否抑郁了,
但不承认有病

一个闪闪发光的"女神经病"

袁导是个独立电影导演,过得自由又任性,拍短片,写剧本,还玩摇滚。第一次翻她微博的时候,看着她五颜六色又很有"逼格"的生活,我很是羡慕。她风光又文艺,认识她之后,我又看到了另一个世界的她。

在二十小时的书店咖啡馆,袁导给我讲了她的故事:

"我抑郁了七年,重度抑郁,连死都没力气。"

"我还有严重的社交恐惧症,平常到人多的地方,面部肌肉都会抖,特别心慌。"

"我喜欢孤独的感觉,与人相处太累了,可黑夜又太让人煎熬。"

"想死,又不甘心去死。洗澡时我会把手机带进去,怕摔倒了死在浴室都没人知道,这太可怜了。"

"于是,我假装自己活得很酷,每天逼自己,后来就变得真的很酷。"

最近袁导又患上了双相情感障碍，经常在狂躁和抑郁两种状态中交替，简直人格分裂。她笑着说："精神病院里有很多与我一样的人，但他们已经不在乎外界的目光了，而我还被这庸俗的躯壳束缚着，虚伪地活着。"

医生还告诉她，双相情感障碍自杀率比单纯抑郁高一倍，又安慰她说，一般得这种病的人，都很聪明。她呵呵一笑，假装自己很高兴，这说明自己并不是废柴，还能为这个社会创造一点价值。

一个人为什么会抑郁？我常常会想这个问题，很多名人抑郁得太"高级"了，如海子、张国荣等，而大部分人到不了那个境界和人生困局，何况很多年轻人都没走入社会。我一直觉得，很多抑郁的根源其实来自家庭和成长环境，以及这种环境下形成的性格。这种抑郁不容易短期治愈，一生中反反复复伴随着他们，折磨着他们。

袁导觉得她的抑郁也有这方面的根源。

她说：

从小我就过得很不开心，或者说很压抑、苦闷，美好的童年对我来说，都是电视剧里看到的童话。我没有一个和睦的家，爸爸是做生意的，常年不着家，他在外边有很多女人，有一个跟了他十年。他给那女人开服装店，买房买车，可他从来不跟妈妈说离婚。

妈妈对此心知肚明，可能她太懦弱了，没人撑腰，没钱也没力气，只会争吵，在阻止丈夫外遇方面无能为力。而那些长辈和亲戚们也不闻不问，纵容了这个有钱的男人在外边胡作非为。

很长时间内，我恨爸爸，恨那些长辈，也恨妈妈的懦弱，他们没一个人成为我的依靠。我甚至想，如果我爸爸是《我的前半生》里的陈俊生，我都会幸福百倍。如果我妈妈是罗子君，有没有爸爸，都无所谓了。

在这样的家庭里长大，造就了我敏感而孤僻的性格，我不爱和人说话，嘴巴也不甜，总是直愣愣地看着别人，自然也不讨人喜欢。再加上我小时候又黑又瘦，愿意和我玩的人就更少了，他们以嘲笑我为乐。

小小的我总爱缩在教室最角落，不声不响，像极了一朵发霉的野蘑菇。

他们说我好丑，好黑。

有些人在楼上朝楼下路过的我吐痰玩。

有个顽皮的男孩，拽着我的两根羊角辫说在开摩托车，导致我从楼梯一路滚下来，至今左脸颊残留去不掉的伤疤……

他们任意欺负我，因为他们知道没人会帮我。

记得，有三个女生要和我做"朋友"，但我必须贡献自己的零花钱，并忍受她们的嘲笑和捉弄。一次，她们又找我要钱，我实在没钱，拒绝了，没想到被其中一人抽了一嘴巴。我没敢哭，一个人缩在教室角落里默默流泪，也没一个人过来安慰我。

我恨自己软弱不够强大，恨没一个人给我撑腰。

一次，我又被一个孩子欺负了，摔得很重，我哭着找旁边的长辈评理，那长辈只是朝着那群孩子嚷了几句，就走开了。我带着伤回家，在妈妈面前一个劲地哭，她问怎么了，我就说被一个人打了。妈妈没说什么，带着我去洗手，然后说："以后别和她玩了。"

那是我第一次向家人求助。那一刻，我觉得很委屈，特别想哭，异常的孤独和无助。

于是，我变得更加的孤僻，惧怕与人交往。在11岁的时候，我就认为自己患上抑郁症了，每一天的生活都让我倍感压抑，沉重，烦躁，我盼望着黑夜的来临，那样就能够躲在被窝里掌控自己的世界，这一天就可以睡过去了。可第二天又会重复之前的一切，仿佛没有尽头，无处可逃。

每天都是熬日子，每天都想死掉算了，反正生活一点乐趣都没有。我也想过去流浪，离家出走，走得越远越好，这样就可以逃离我所处的环境。可我太小了，什么都不懂，去哪里都不知道。

四年级时，父母终于离婚了，我有一种解脱的感觉，早就受够了这种家里要么吵吵闹闹要么死一般沉寂的日子。我一直希望他们离婚，不然每天睡觉都提心吊胆。我知道，我妈恨死了我爸，就像我恨死了这个家。

可没多久，他们又复婚了，接着又离了。从此爸爸对我妈纠缠不休，他们撕扯，摔东西，辱骂，这个家依然让我想死，压抑得透不过气来。今年我在影院里看电影《犯罪嫌疑人X的献身》，当妈妈和女儿手忙脚乱地用力砸向那个男人时，黑暗中，我很激动、紧张，还流泪了，这样的场景，这样的念头，我都有过，真的！

妈妈可能是受虐型人格，她始终无法完全放下这个男人。而爸爸又像个巨婴一样，没一点责任感，想搞很多外遇，又不想失去一个家庭。他知道，离婚了，心会空，不离婚他的心又总在外边。

妈妈的半辈子被这个男人折磨得痛不欲生，渐渐麻木，并把这种情绪发泄到我的身上。我小时候成绩特别好，不过是因为我爸天天打我妈，我妈就会说"为了你我才忍受"之类的话。我也只能折磨自己，逼自己用功学习。

妈妈曾割腕自杀，还跳了河，幸好被人抢救过来。爸爸可能是良心被雷劈到了，意识到自己太混蛋，伤害了一家人，他态度转好，又跑过来找我妈复婚。他们好了没几年，又离婚了。在那之后妈妈不知所踪，我一下子有了孤儿的感觉，很恨很恨她，越想念越恨。再次见到她的时候，她已经变得陌生，而爸爸，我已经把他拉到了黑名单里，这辈子都不想理他。

那时我的生活糟糕透了，我是在一次抑郁到快要死的时候，突然醍醐灌顶，决定要换个活法。后来上了高中，我就放飞自我了，完全换了一个样子，性格大变。我谈恋爱，翘课，跳舞，组织乐队，办文学社，简直像个小太妹，在学校里没人敢惹我。就像我在前面讲的那样，我假装自己很酷，逼着自己活泼，后来就真的很酷。

但我从来不欺负别人，不霸凌，我承受了太多的苦，知道那样对别人伤害很大。

我很疯狂乖张，但我没耽搁学习，成绩依然不错。

我慢慢变得活泼且坚强起来，成了别人眼里漂亮聪慧的姑娘，他们说我像个小太阳一样，可没人知道，开朗的外壳里有一个抑郁的我。我开始吃药，大量地吃药，时好时坏一直撑到现在。是的，我不想死，还没活够。

高考时我发挥不好，毕业后去了一所师范学校，读了影视专业，在校期间我闲不住，到处折腾。写剧本，学表演，拍微电影，成立工作室，领着一群人拍摄了很多短片，在当地变得小有名气，他们都叫我美女导演。

在这样的忙碌中，我会暂时把自己从抑郁中抽离出来。我有社交恐惧症，就逼着自己与各种人接触，让自己不至于与这个世界隔绝。我虽然长期抑郁，但我并没有消极对待自己的人生，相反我用折磨自己的方式，让自己看上去很厉害。

现在我都不知道到底哪种状态下才是真实的我，我更愿意活在哪个躯壳里，似乎两个都可以。如果我给自己的新书起个名字，很想用《一个闪闪发光的神经病》，哈哈，我感觉自己挺不正常的。

可能正是长期处在这种分裂的人格状态下，我患上了双相情感障碍。在轻狂躁期，我处在兴奋状态，说话滔滔不绝，每天都闲不住，坐不住，晚上也不想睡觉。我能连续做很多事情都不累，文章一天能写一万字，一周能看十部电影、四本书。如果有戏要拍，我可以连轴转五十几个小时不睡觉，还能修片子。工作效率特别高，感觉一口就想把这个世界吞掉一样。他们都说我是工作狂。

可两周后，我又像变了一个人似的，昏昏沉沉的，睡眠特别长，什么都提不起兴趣，全身乏力，看书会没精力，看电影没耐心，工作状态差，严重拖延，脑子也不好使，反应迟钝，甚至别人都发火了，我还一副呆傻的状态。

在重躁狂期，就有点吓人了。我脾气变得又大又臭，超级没有耐性，喜欢与人吵架，总想打人。有时会意识失控，做很多的傻事，比如把很多好友都拉黑，说一些莫名其妙的话，等清醒了却啥都忘记了。有时还自虐，我曾经砸了身边的所有杯子，把玻璃碎片含嘴里、割手臂，把三脚架往别人头上砸，简直像疯狗一样。

我因为双相，精神方面遗传概率大，然后还有甲减，两个病都指向不能生育。那又怎么样嘛，对其他女孩来说这打击很大，对我来说不算什么，我也不指望这辈子能结婚生子了，一个人挺好的。

如果一个人愿意爱我，不介意我的一切，那就爱。如果介意，那就别爱了。反正我不会伪装自己的美好去欺骗别人的感情。

袁导讲这些的时候，没有愁眉苦脸，她倒一副开心的样子，而那个抑郁的自己，被她掩藏在内心最深处，是只留给自己的黑夜。"我现在还在治疗,真怕从抑郁症到双相情感障碍再发展下去,就是精神病了,得治,哈哈。"

咖啡厅的人越来越少,袁导说了一夜,窗外,橘色的暖阳升起,雾气消散,像做了一个长长的梦,醒来是崭新的一天。中午,她就要坐飞机去西藏旅行了。她哼着朴树的歌,说这次她要去冈仁波齐,为她下一部电影积累素材和灵感。

"我很抑郁,但也要活得精彩,去很多很多的地方,做很多很多的事情。"

后来袁导还给我看她养的猫,这些年,她变得越来越柔软,渴望爱,也想给别人爱。我问她,是否还与爸爸联系。她说没有,还在黑名单里。许久才说:"如果他能养个猫,并把它照顾得很好,那我会重新去认识这个父亲。不知道他能否做到。"

我真的变成了一个老实人

在自如寓公区,我见到了沈作家,他是个自由职业者。相比袁导,沈作家的人生就显得平淡多了,他没什么不堪的成长环境,没什么人生起伏,性格也缺乏特色,一直都是那个沉默寡言、人畜无害的老少年。总之,就是平淡无奇、老老实实的一个人。

他一直说自己很抑郁,却从来没看过医生。他最大的问题是始终未能改变自己的性格、突破自己,并由此导致各个方面都不够好。孤独,内向,敏感,自卑,不成熟,消极,他觉得自己身上太多的毛病。

这样的人,实在不会患上双相情感障碍,他倒想处在狂躁状态,体验一下别样的人生,可他似乎被固定在了一个模子里。

他笑着说:"小时候,父母让我成为一个老实的人,后来真的变得很老实了!"

沈作家说:

在我二十岁前的生命中,最快乐的时光是童年。很多美好记忆,很多值得怀念的朋友,都仿佛存在于旧时光里。我甚至觉得,我十几岁青春的记忆都是空白的,无趣的,没有特别难忘的故事,也没有太多值得怀念的人。

中学时,我每天都会做梦,梦里都是孩童时的玩伴,他们总是很年轻时的样子,我们还像过去那样无忧无虑地在大路上奔跑,在河里捉鱼,或者中午到田里偷甜瓜吃。然而,每当从梦中醒来,发现一切早已变了模样。

在没上学之前,我没有学习的烦恼,想怎么玩,父母都不管。渐渐长大后,爸妈觉得我不能老是玩,得学习才行,也不能调皮捣蛋,要老实听话才行。于是,妈妈拿起哥哥姐姐的课本,想让我提前认识几个字。

我很不喜欢这种生活,只想快点结束,好找小朋友玩。

后来上学了,成绩确实很好,他们说我是个好苗子。见我学习成绩优秀,家人在我学习的问题上"认真负责"起来,不准我随便出去玩,不准看电视,除了课本,什么课外书都不能看。我与小朋友玩的时间越来越少了,每当我完成作业找他们玩时,他们总揶揄我是个"三好学生"。

我那时特别羡慕哥哥姐姐,他们成绩一般,父母却从不严格要求他们,在我学习的时候,他们可以与朋友同学们玩耍,我想他们一定比我过得快乐,我大多时间被困在一个好学生应该有的规范里。

现在还记得一些小时候的细节,经常是这样的:

"平,出来钓鱼去呀,我们都等着你呢!"小伙伴跑到我家院子里喊。

"不了,我还有功课要温习,你们去吧。"

伙伴们看到我妈在堂屋拉鞋底,只好识趣地离开。等我被允许出去玩的时候,伙伴们不知道跑到了哪里,根本找不到他们的影子。渐渐地,他们不再主动找我玩,当我主动去找他们时,不是找不到,就是他们有了新成员,我开始被伙伴们冷落。

我喜欢固定稳定的关系,任何新的关系,对我来说都是一种心理挑战。

我与伙伴们渐行渐远,有了陌生感,即使和他们在一起也很不自在,无话可讲,我想逃离。于是,很多个周末,我都是躲在房间里假装看书,那样的日子特别的无聊和乏味,一点童年的乐趣都没有。

我的好成绩并没有持续太久，后来开始滑落，倍受老师和同学冷落，可家人却对我越发严格起来。除了老师布置的作业，爸妈还会布置额外的学习任务。他们并不知道我的处境，我的不快乐，我与小伙伴的渐行渐远。

记得有一天晚上，陆毅的处女作《永不瞑目》开播，我特喜欢看。吃饭时，我看完了第一集，正准备看下一集，这时，妈妈走过来，表情严肃地说："还不到你屋里学习去。"我恋恋不舍地回到小屋里，一个字都看不进去。我很想看看欧阳兰兰与肖童的爱情是怎么开始的。于是，我偷偷躲在门外看，但不小心被妈妈发现了，结果被骂了一通。

我只能每天假装学习，其实什么都看不进去，每天胡思乱想。当在家闷太久了，他们觉得我应该出去适当玩一下时，我已经没了玩伴，只好一个人来到街头站一会，看着过往的行人发呆。看到之前的伙伴走来，我却匆忙逃掉。

那时，我已经进入了青春期，身体和心理都有了微妙变化。我有了自己的心事和苦恼，但父母却从不猜测我的心里在想什么，有什么秘密是他们不知道的。他们始终不变的是，我能不能把自己的成绩搞上去。

他们希望我老实听话，好好学习，我真变老实了，只是成绩一般了。

我的性格本来就很内向腼腆，不喜欢大声讲话，不善于主动交往，再加上长期被父母约束在家里学习，在十二岁后，我觉得自己渐渐与周围的世界疏远了，性格开始有点孤僻。我开始逃避，干脆不出门，或者害怕出门。以致后来，我走到大街上都异常恐惧，怕熟人，怕打招呼。只有我那个小小的房间是最安全感的。

别人都以为我在用功读书，说我将来一定能考上大学，父母也很高兴，我终于不用他们催了。他们不知道我心中的苦闷和孤独，当听到大街上昔日伙伴们的笑声，我十分渴望走出去与他们玩耍。我有了改变性格的尝试，想走出小小的院子，与朋友交往，哪怕到大街上溜达溜达也行，否则我怕自己会崩溃。然而，我始终没有迈出第一步。

爸妈并没有意识到我性格和心理上的变化，我越来越孤僻，不想出门，不想见熟人，连过年时我都躲在家里不出去，我连走到街上的勇气都没有。有一次大年初一，我骗他们说去找同学玩了，其实我在后院里藏着。

这时，父母才觉得我不对劲了，开始鼓励我出去，责怪我越大越像个孩子。可那时我已经无力打破我的状态了，被困在了里面。其实，从那时起，我就有了社交恐惧症，并有抑郁症的倾向，在最压抑的时候，我甚至想过死亡。

可在农村，人们只分精神病和疯子，没有人会觉得那种状态是病，包括我自己也不懂。这种状态一种持续到中学时代。长期养成的性格让我放不开自己，总是喜欢逃避现实。当别人玩闹的时候，我在教室里看书，当别人搞活动时，我只能当观众，任何时候都没什么存在感和引人注意的行为。

我会羡慕每一个人，羡慕他们的每一天都是那么的精彩。

在那几年里，我的日子过得单调苦闷，没有娱乐的方式，不会足球篮球，也不会下象棋、打扑克，没什么可去回味的东西，也不怎么和女生主动讲话。伴随我的是翻烂的书本和小小的房间，连课外书都没有几本。别人都说我无忧无虑、老老实实的，看上去没什么烦恼，从来不和别人闹矛盾。可谁知道我内心的苦呀。

二十岁后，我一个人偷偷跑出家门去流浪。没了学习的压力，没了对校园的恐惧，我慢慢放开了自己，性格开朗了一些，找到了生活的快乐，并对未来有了希望。我去过饭店，下过工厂，之后来到北京，一路跌跌撞撞，没饿死，也没混出大名堂。

进入社会后,我的状态好了些,但时而也会抑郁,社交恐惧症依然没克服。我不知道自己是否属于抑郁症,甚至不知道自己身上还有没有其他的问题,我从来没看过医生,没吃过药……

不知不觉与沈作家聊了一下午。在自如寓公区里,有人看书,有人打台球,有人处理工作。我问他:"你和这些人熟吗?"沈作家笑笑表示,和他们没怎么说过话,都不认识。

他最近签了一本新书,正在努力写。有时他一个月都不怎么出去,窝在房间里写文章,平常的娱乐就是上网,偶尔去附近的影院看场电影,或者去西单逛逛书店。三十好几的人了,还没结婚,没性生活,也没什么朋友,迷茫,情绪化,无人倾诉。他现在开始焦虑年龄了,甚至会刻意忘记年龄。

我笑着说:"你这样会发霉的。"

他说:"我一个月不说话,都能忍受。"

上个月,他试着在豆瓣报名了一个线下相亲交友活动,那是个类似酒吧的地方,大家可以自由活动,找异性聊天,一起下象棋,玩桌游,打台球,或者参与大家的游戏中。第一天免费,以后需要付费成为会员。

销售人员说:"你这样干坐着,一晚上都找不到姑娘说话。你得主动去找人聊,让别人认识你!"这似乎对他来说很艰难,他不懂得如何搭讪,更不知道去说什么,也不会下棋或玩游戏。

他坐在那里尴尬又不自在,便找了个借口逃走了。来到大街上,他像获得了自由一样,接着却又是漫长的苦闷。

正聊着,自如寓公区跑进几个附近的孩子,东跑西跑,他们应该是放暑假了,可以肆意疯狂。这时突然闯进一个胖妈妈,拉住其中一个男孩大声嚷:"你作业完成了没,就胡跑,天天说你怎么不听!"

旁边的一个孩子说:"小声点,别人在工作。"

这位妈妈没理睬那个小孩,要拉儿子走。男孩十岁的样子,看上去不想走,又不敢违抗命令,只能悄悄地跟着妈妈走了,而其他孩子继续玩闹。

沈作家望着他们对我说:"很想对那位妈妈说:就让你儿子和小伙伴多玩会吧。不想他也成为和我一样的人。"

我说:"是哈,不过我觉得那些都是外因,一个人想改变,什么时候都不晚,我给你讲讲袁导的故事。"

沈作家点点头。

图书在版编目（CIP）数据

你好呀，孤独的年轻人/陈小琛著. -- 上海：上海文艺出版社, 2018.8（2019.5重印）
ISBN 978-7-5321-6747-0

Ⅰ.①你… Ⅱ.①陈… Ⅲ.①短篇小说－小说集－中国－当代
Ⅳ.①I247.7

中国版本图书馆CIP数据核字(2018)第155954号

发 行 人：陈　征
责任编辑：望　越
封面设计：周伟伟

书　　名：你好呀，孤独的年轻人
作　　者：陈小琛
出　　版：上海世纪出版集团　上海文艺出版社
地　　址：上海绍兴路7号　200020
发　　行：上海文艺出版社发行中心发行
　　　　　上海市绍兴路50号　200020　www.ewen.co
印　　刷：常熟市华顺印刷有限公司
开　　本：787×1092　1/32
印　　张：10.875
插　　页：2
字　　数：190,000
印　　次：2018年8月第1版　2019年5月第2次印刷
ＩＳＢＮ：978-7-5321-6747-0/I · 5387
定　　价：35.00元
告 读 者：如发现本书有质量问题请与印刷厂质量科联系　T：0512-52605406